形式C58

『国有鉄道《日本》蒸気機関車設計図面集』

日本国有鉄道車両設計事務所監修より

国鉄SL図面編集委員会編

原書房刊（2004年　第7刷）

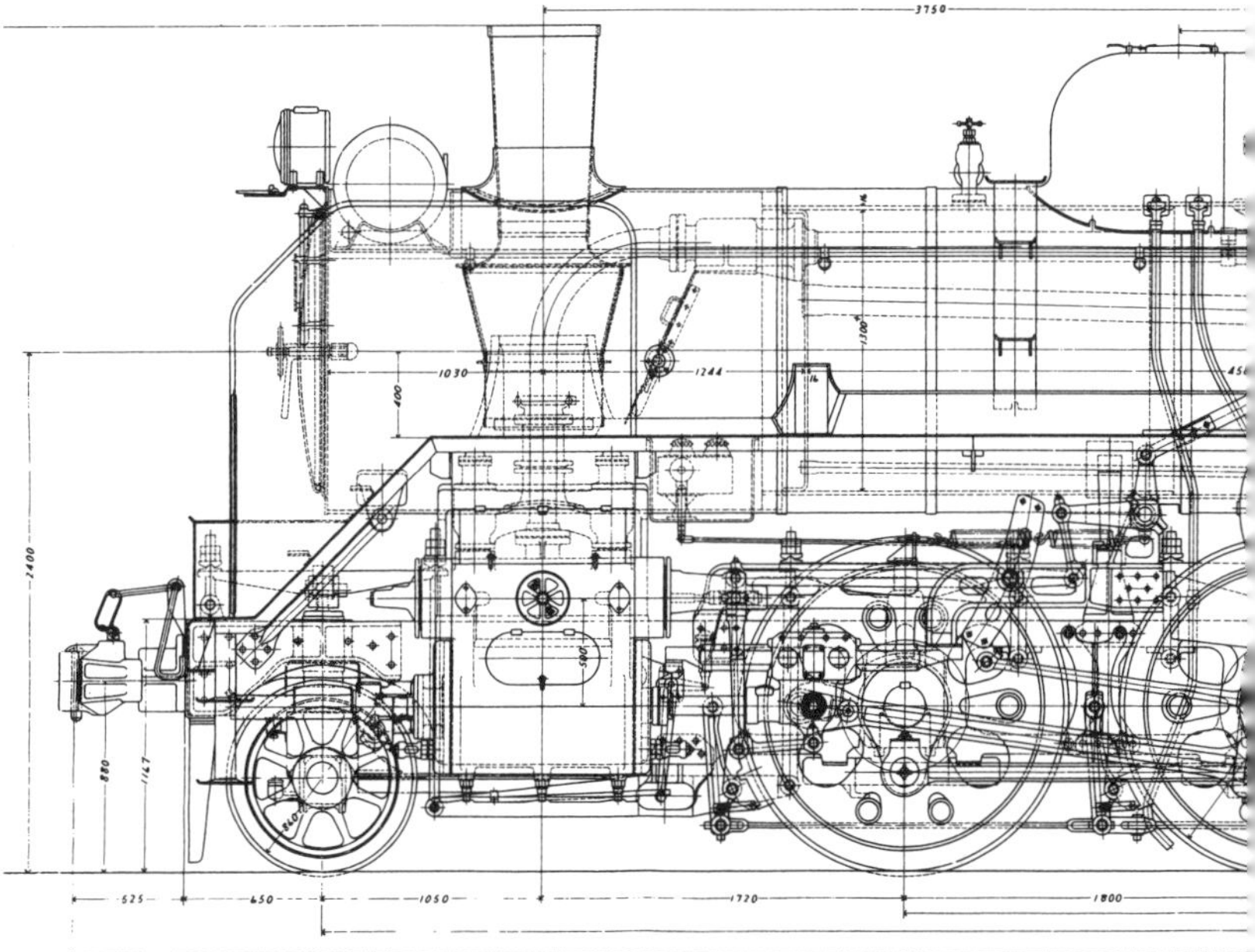

C58《シゴハチ》
坂を上《のぼ》る

井上 謙

もくじ

一、東日本大震災、そのとき　3
二、花形蒸気機関車に憧れて　9
三、機関車Ｃ５８との出会い　20
四、試走実験にＣ５８１０６を選ぶ　48
五、「燃えろ、燃えろ」間断なく
　　―石炭を入れ続けて―　80
あとがき　井上　謙　135
あとがきに寄せて　井上　聰　138
主要参考文献　141

一、東日本大震災、そのとき

平成二十三年(二〇一一)三月十一日(金)十四時四十六分十八秒
東日本大震災(東北地方太平洋沖)発生マグニチュード九・〇
一時間後に遡上高十四～十五メートルの大津波来襲。

わたしはこの東日本大震災にJR京浜東北線の上り車内で遭遇《そうぐう》した。横浜駅を出て間もなく、車輛が二、三度横揺れしてガタンと急停車した。よくある先行車の詰まりとは違う感じがしたとき、また車体が小刻みに揺れた。咄嗟《とっさ》に「地震」と思ったが、昼過ぎの車内は客もまばらで静かだった。五分、十分過ぎても車輛はそのままでなんの連絡もない。外は別に変わりなく人々がのんびりと歩いている。そのうち、二、三の客が車内を行き来し始めたころ、やっと「東北地方に地震があり、津波警報が出て、その影響で暫く停まります。係りの連絡があるまで危険ですので外には絶対に出ないで下さい」と車内放送があった。

その日、わたしはカルチャーセンターの講座の後、受講生と一緒に恒例の昼食会を済ませて家に帰る途中だったから、焦ることもなくじっと待っていたが、小用が我慢できなくなって後部車輛の車掌室へ行った。事情を話すと、若い車掌が慣れた口ぶりで
「線路に降りずに、そこでやって下さい」
という。一瞬、戸惑ったが辺りに人影がないので急いで線路に向かって用を足した。結局車輛は動かず一時間ほど車内に缶詰になった後、次の東神奈川駅まで線路伝いに歩くことになった。路上を乗客たちがぞろぞろ歩く姿はテレビでよく見る風景だが、実際に遭遇すると結構緊張する。大半は危げなく歩いているが、中にはゴロゴロした敷石に足を取られて転ぶ人もいた。わたしは久々線路の上を歩く感触に少年の日が甦《よみがえ》った。家の近くを走る線路上を遊び場として、細い一本のレールの上をどれだけ長く歩けるかと競い合ったり、電車が来る前にレールの上に釘を置いて磁石を作るなど、スリルを楽しんでいたからだ。
陽の落ちた東神奈川駅の改札口と駅前広場は足止めされた群衆で溢《あふ》れていた。わたしは一刻も早く多摩川を渡りたかった。多摩川さえ越せば都内なので土地カンはあるし、たとえ乗りものはなくても家に帰れるコースは沢山あるので安心感があった。一帯は停電のため信号機も消えて全くの闇に包まれ、ときどきトラックや乗用車のライトだけが無気味に光って行く。そのうち、雨と風が混って深刻さが増し、わたしは夢中で多摩川の橋を目指して難民のように歩いた。

やっと辿《たど》りついた多摩川橋のなんと長いこと。普段はわずか、二、三分で過ぎてしまう橋上がまるで中国の長江大橋（四五八九メートル）のように長く感じられ、日常の平凡な便利さをありがたく思った。川を渡り切ると、緊張が解けてどっと疲れが出た。人家の石垣に腰を下ろして家に携帯電話をかけたが通じない。メールでやっと息子の辰夫と連絡が取れても二、三度やりとりしているうちに電池が切れて諦めた。幸い、昼食を十分にとっていたので空腹はなく、常備の水とチョコレートでひと休みしてから蒲田へ向かった。

ＪＲ蒲田駅の広場も同様に帰れない群衆で埋まり、バス停もタクシー乗り場も長蛇《ちょうだ》の列だ。駅ビルは閉鎖されているため、わたしは反対側の乗り慣れた池上線へ行くため、暗闇の路地を歩いているうち方向を間違えて動けなくなった。尋ねるにも人っ子一人いない周辺は全く闇の中だ。知らない街を無理に歩き回ってもただ体力が消耗するだけだから、今来た道を引き返すほかはないと戻りかけたとき、わたしの横に淡い光を照らした空のタクシーが停まってくれた。まさに地獄に仏といった幸運だった。車内の小型テレビで凄《すさ》まじい津波とその被害の大きいことを初めて見て、今日の地震の恐ろしさを知った。

緑が丘の家に着いたのは十一時近かったが、気が張っていたせいか疲れは感じなかった。家人も買物に出た銀座でぶつかり、今少し前に着いたばかりだという。ひとしきりお互いの遭難を語り合った後、わたしはそのままベッドに入った。

朝方、口元の痛みで目が覚めたら、口の周りにヘルペスが吹き出て、全身が激痛で動くことができず、一日中ベッドに釘づけとなった。後で友人の医師に話したら、

「それは当然だよ。君の歳で六時間も緊張して歩いたんだから。要はストレスなんだ。これを他山の石として、注意しろよ」

と言われた。


地震の後、連日テレビ、ラジオ、新聞、週刊誌など報道メディアが一斉に想像を絶する大被害を流し、日本の国はもちろんのこと、その被害状況は世界中に広がった。その被害は一七年前の阪神・淡路大震災の比ではない。想定外の津波の猛威をはじめ、被災地の広さは太平洋側の東北地区から関東まで続く大規模な惨事であったばかりか、今回はそれ以上に深刻な問題を浮き彫りにしたのが原発事故による放射能漏れの広範囲な拡散であった。この未曽有の事故によって代々の土地から離れて他郷へ疎開を余儀なくされた町村が続出して大きな社会問題となっていた。

そんなある日、『週刊A』のグラビアを見てわたしは、ぎょっとした。見開きいっぱいの紙面に山と積まれた流木やガレキの中にSL（Steam Locomotive　蒸気機関車）が一台横倒しになって

いた。それがまるで投げ捨てられたおもちゃのSLのように転がっていたからだ。

一見、その型からC58だと直ぐ分った。津波の激しさとその規模を対照的に捉えたカメラアイだろうが、C58のあまりにも無惨な姿に唖然《あぜん》となった。その下部に「宮城県南三陸町、松原公園の北、蒸気機関車は一九七八年に気仙沼線全線開通を記念して公園内に展示されていたもの。総重量七〇トンの車体が津波で五〇メートル以上流されたという」とコメントが記されていた。その夜、わたしはこの情景が瞼《まぶた》に浮んで、なかなか眠れなかった。

それから数日後、『週刊A』に「スケッチと日記」と題したグラビアにその情景が再現された。それは押し流されて山積みとなった流木やガレキを踏み分けている地元の中学生と、横たわるC58の前部を鉛筆書きした少年のスケッチだった。荒い素描だが、それがかえっておもちゃに見えたSLとは違い、この災難にじっと耐えているC58の息づかいを感じた。

「C58よ！起き上がれ！」

と、思わず声を掛けたくなる親しみがあった。そして、親に海辺に行くことを再々注意されながらもまだ危険の残る地域に「何か自分で出来ることはないか」とスケッチブックを持って足を踏み入れた少年の勇気と執念に感動した。この一枚のグラビアは少年の故郷とC58への愛を何よりも鮮明に物語る証として後世に残る傑作だと思った。

そこでわたしはこの二枚のグラビアのSLがC58であることを確かめるために役場に問い合わせると明らかにC58で、そのプレート番号が「C5816」と分ってびっくりした。幼な友達の兼子《かねこ》からもらった形見のSL模型が「C58106」だったからである。「0」が抜けているだけでここまで似通うとその偶然も偶然でなく必然となって来ると共に、わたしの「罐焚《かまた》き」（蒸気機関車助士）時代がまるで昨日のように感じられ、仕事部屋にある二台のSLをめぐる様々な出来事を想い起こすきっかけともなった。

二、花形蒸気機関車に憧れて

わたしの仕事部屋の本棚にＳＬの模型が二台置いてある。一台はわたしの傘寿《さんじゅ》を記念に息子辰夫の友人郭《かく》君が「先生が好きなようだから」と、中国の「前進型ＱＪ」のＳＬをわざわざ届けにきてくれたものである。もう一台はわたしとＳＬを結ぶ深い縁をつくってくれた小学校の友人兼子《かねこ》の形見だった。

わたしは早くから乗りものが好きだった。幼児のころ、父が自転車の後ろに乗せてあちこちを走り回り、自家用車になってからは、何処《どこ》へ行くにもわたしを助手席に座らせていた。わたしは外の風景がどんどん飛んでいくのが面白く、速度によって変化する風景に興味を持った。その影響もあったのだろう。家の近くを音をたてて走っている電車に夢中になって、新品の三輪車を盗まれてくやしい思いをしたこともあった。

やがてその興味は好奇心と憧れに変わってＳＬに熱中したあげく兼子の強い感化もあって、一時親の反対を押し切ってＳＬの「罐焚《かまた》き」をやっていたので、乗りものの中で最も愛着があるのはＳＬだった。しかし、機関助士になって二、三年後に国鉄が電化の普及に力を入れ始めたため、わたしは一念発起、退職して中学に入り直して大学に進み、メカの世界とは全く逆の文系を専攻して大学人となったが、職務の関係でよく海外へ出掛けても先ず関心の的はその国のＳＬである。とくに学術交流で訪ねた中国の巨大なＳＬの活躍には圧倒された。

そのころの中国にはまだＳＬが健在で、何処へ行っても迫力のある豪快なＳＬに会えたので、停車時間を見計らってはＳＬの傍《そば》へ行った。そのときの案内役が郭君だった。彼は辰夫の中国留学時代の友人で、日本の大学院に留学して学位を得て帰国し、現在母校の教授である。実直な郭君のキメ細い配慮でＳＬの勇姿をゆっくり観察できたし、特別に乗せてもらって中国の広野を走ったときの爽快さは忘れることのできない貴重な体験だった。郭君はいつも一緒にいてもただ傍観しているだけだったが、子供じみたわたしのＳＬへの執着ぶりから「好きなんだ」と素早く感じ取ったのであろう。

郭君が届けてくれたＳＬの模型は中国の「前進型ＱＪ」の貨物用蒸気機関車で、テンダー（炭水《たんすい》車《しゃ》）を含めて全長31㎝、それほど大きいものではないが、前輪一つに六つの動輪を持つ堂々とした蒸気機関車である。姿形《すがたかたち》はもちろんのこと、ボイラーに据えてある大小の付属物は小さな細工だが、どれもこれも実物そっくりだ。

「前進型ＱＪ」は説明書によると、第一号機は一九五六年九月に完成して翌月、天津から北京間の走行試験では成功したが、燃料効率が悪く不完全燃焼を起こして蒸気量が不足となり、またボイラーの中心が高く通風効果が悪く充分な性能を発揮できないため、四二台の生産で中断した。が、六二年に改善が急がれて、六五年から模型のタイプで量産されて以後各方面で活躍し、六七年には一二〇八台も生産されたという。しかし、七〇年ごろから日本と同様に高速時代が到来して、現役の蒸気機関車はほぼ姿を消すことになったとあるから、わたしが郭君と一緒に西安、南京、武漢などを歩き回っていた八〇年代はいわばその時期のピークであった。郭君とわたしとは相当な年齢差があるが、一緒に中国国内をSLで走ったそのお陰でぐっと縮む共通項が生まれ、その証が郭君の贈り物であるばかりか、それによってわたしの「罐焚《かまた》き時代」を想い起こさせる懐かしさがあった。

その横にあるC58106は大型の「前進型QJ」に比べて小さく見劣りするが、「前進型QJ」がわたしの壮年期のアイドルならば、小型のC58106は少年期のシンボルでわたしにSLへの夢を実現させてくれた兼子《かねこ》の分身でもあった。

兼子は明るい少年で成績も良く、SLの機関士になるのが夢だったが、突然クル病を患ってからはきっぱりとそれを諦めて、SLの資料や写真を集めたり、SLの模型を組み立てるのに夢中になった。中でもC58106の模型はご自慢の作品で一番大事にしていた。

ある夜、兼子と同じ算盤塾の帰りに、彼が悪ガキたちのいじめにあっていた所をわたしが助けたことで兼子とぐっと親しくなり、彼の家へ遊びに行くことが多くなった。兼子の家もわたしと同じ町内だが、平地のわたしの家とは反対側の高台にあるしゃれた洋館で、おやつに出る紅茶とケーキはわたしには魅力だった。わたしは昆虫好きの兼子のために鬼ヤンマや蝉を虫籠《むしかご》に入れて持って行っては宿題を解いてもらったり、彼の組み立てたC58と遊びながらお目当てのおやつを楽しんだ。その度に彼からC58の意味やSLの構造を図解してもらったが、クラスで一、二を競うだけあって兼子の説明は分りやすく上手なのには感心した。そのため、わたしの兼子への畏敬は強くなる一方、C58への魅力と憧れは日毎に高揚していった。

兼子にはご自慢の宝ものが三つあった。一つは海外のSLの絵葉書で、父がM銀行の支店長になると海外へ出向くことが多くなって、そのときのお土産である。二つ目は兼子が集めたSLの関係書とその写真集で、絵本や童話と一緒に整然と本箱に並んでいる。三つ目は兼子の誕生日に父がくれたC58の模型セットだ。C58はわたしたちが小学五、六年のころに製造されて広く各地で活躍し、戦後はD51（デゴイチ）と共に「シゴハチ」と愛称された花形蒸気機関車である。それは父が特注で造らせ、電気でレールの上を走る珍しいC58106の模型だった。

兼子はわたしが行くたびに、畳いっぱいに絵葉書を広げては「これは××製」「これは××を走っているよ」と得意がっていた。どれもこれも初めて見るSLで、わたしのポケットに入っている武者絵のメンコや人気力士の写真メンコとは比較にならない新鮮さとその迫力に目をみはった。その中に同じものが二、三枚あったので、断わられるのを承知で「これと交換しない?」と力士の写真メンコを見せると、彼は「いいよ」といとも簡単にくれたのにはびっくりした。それがきっかけで、二人でメンコ遊びや兵隊将棋、バケツの上に小さなゴザを被せてベイゴマの戦いを楽しんだ。

この三つの宝ものの中で、兼子が一番大事にしていたのはぴかぴか黒光りしているC58106の模型で、いつもガラスケースの中に入ったまま本箱の上に置いてあった。それはブリキ製で美しく塗装された15cmほどの小さい模型だが、造りは精巧で本物そっくりである。わたしはいつもレールの上を走るC58を期待していたが、兼子は一向にその気配がないので、一度「これ、本当に動くの?」と聞くと、彼はきっとわたしを睨《にら》みながら「そりゃ動くさ。そのうち見せるよ」と応えたままなので、わたしはいつしか諦めてしまった。

やがて卒業が近くなったころ、兼子が中学に合格したお祝いに招かれたとき、彼は初めてC58106をレールの上に走らせた。わたしは願いが叶ったよろこび以上に、カタカタ音をたててレールの上を快走するC58に驚きと感動で喚声《かんせい》も忘れて唯《ただ》々C58を追っていた。そのときの戦慄的な衝撃《しょうげき》は今思い出しても鳥肌が立つほどである。

しかし、小学校を卒業すると兼子は中学へ進み、わたしは新設の高等科へ入ったことで、二人の交遊はしぜんと途絶えがちとなり、そのうち全く行き来が無くなった。

　二年目の夏の日、珍しいアゲハチョウを捕まえたので兼子を驚かしてやろうと、久しぶりに訪ねたところ、玄関先に迎えに出た母親がわたしの顔を見るなり、

「岸本さん、どうしたのよ。何故もっと早く来てくれなかったの」

と、その場に泣き崩れてびっくりした。兼子はこの春先に風邪をこじらせて急逝《きゅうせい》したというのだ。

「兼子が死んだ。ウソだ、兼子が死ぬなんて――」

　わたしはあまりの衝撃《しょうげき》にその場に茫然と立っているほかなかった。わたしが帰るとき、

「岸本喜一君が来たら、これを渡してくれと言いました。これは淳の形見です。大事にしてあげて下さいね」

と言って大きな紙包みをくれた。開けなくても中身は分っていた。わたしは虫籠を渡すことも出来ず、その後兼子の家を出たとき、ふとこのアゲハチョウはわたしを呼びよせた彼の化身ではないかと思った。坂上の一隅に小さな空き地がある。そこから町の中心部が一望できるので兼子の家の往き帰りによくひと息入れた場所だ。わたしはその空き地からアゲハチョウを放してやった。アゲハはわたしの周りを一、二回ほど旋回すると真一文字に天空へと飛んで行った。

「兼子、必ずＳＬに乗って見せるぞ！」

わたしはその決意でアゲハを追っているうち、込み上がる悲しみに涙がぽろぽろとこぼれ落ちた。わたしはこのときほど歩き慣れた坂が長く、下げた紙包みの重みが身に堪《こた》えたことはない。紙包みは兼子が短い生涯、夢を託し続けて一番愛していたC58106の模型だったからだ。

わたしは仕事に疲れると、いつもこの二台のSLをぼんやりと眺める。この時代のドラマが静かに甦《よみがえ》り、懐かしさと一緒にその喜怒哀楽が心地よい刺激となって仕事への新たな活力が湧いてくるからである。その二台のSLは動かぬ模型だが、どちらも造りが精巧なので部品ひとつひとつが生気に満ちて、眺めていると大きな動輪が今にも回転し出し、安全弁が噴き出してキャップ（乗務員機関室）から「おい、早く水を送れ！」と機関士の声がするようだ。わたしはC58106を手にして、静かに先頭の煙室《えんしつ》から長く伸びたボイラー、キャップからテンダー（炭水車）の背をゆっくりと撫《な》でてみた。煙突、蒸気溜、サンドボックス、安全弁、タービンなどの凹凸ひとつひとつの感触から、わたしに刻まれた半世紀以上も過ぎた皮膚の忘れ得ぬ記憶が生々しく思い浮かび、急に当時のわたしのホームベースであった品川駅へ行ってみたくなった。

品川駅に行くには私鉄の緑が丘駅から終点の大井町へ出て、JRに乗り換えて一つ目、わたしの家からだと四〇分ほどである。わたしが週に二回ほど出講している横浜のカルチャーセンターは方向が逆なので大井町へ出るのは久々であった。

品川は五十三次では起点の日本橋を出た最初の宿場で、また鉄道の始まりは明治一八年五月七日の品川・横浜間の仮営業であったが、東海道新幹線はつい最近まで「こだま」だけが停まる通過駅だった。わたしが週に一回、大阪のR大に出講していた時分もその始発は東京駅で、やがて新横浜駅が開業されて「のぞみ」が停車し始めると品川駅とその周辺はみるみるうちに変貌した。とくに東京湾寄りの東口の開発は凄まじく、たくさんのクレーン車がキリンの群れのように天空に伸び、巨大なビルが次々と林立し、わたしが大阪を定年で引き揚げた二、三年後には東海道山陽新幹線品川駅となって、その便利さと駅中の多彩な店舗のショッピングモールは人気を呼んだ。しかし、わたしはそれにはあまり興味が湧かず、むしろその変貌に背を向けていたといっていい。品川駅の改革はそのままわたしの大阪時代と重なっていたが、その間にふれた多くの事象——消えていくものと、創られるものとの中で日毎に抹殺されていく自分の時間がひどく恨めしく思えたし、新しいものを期待し歓迎する一方、その変貌に驚きつつ、消えてゆく非情な時間をひどく懐かしくまたいとおしく感じていたからである。

品川駅には東海道山陽新幹線をはじめ東海道線、横須賀・総武線、山手線、京浜東北線それに臨時ホームなど二十以上のホームがあり、さらに接続する私鉄の入り混じった東都南部最大の交通拠点で、乗客の乗り降りは昼夜の区別もなく激しく、広い駅の空間も大小の出店でいつも賑わっている。

わたしは人混みを避けて、東海道線の中央ホームへ降りてから、ホームの北側方向へゆっくりと歩いて行った。販売機や駅の事務所を過ぎると、ベンチもなく、行き来する電車の音だけでひっそりとしていた。視界を遮《さえぎ》ることなく無数に延びた線路の広々とした空間、わたしはこの風景が好きだ。それは郷愁にも似た懐かしさで、わたしが懸命にSLの乗務を夢見た少年時代の一時期をそこに見るからである。左前方に車掌区、客車の洗い場、その先の線路に横木を渡した細い一本の道は構内の内外を結ぶJR職員たちの通勤路で、その上を電車が、各列車や貨物がひっきりなしに行き来している風景は昔と少しも変わっていない。周囲は密集した高い建物の近接から、その空間はぐっと狭まってはいるが、全体の地形はほとんど風化していなかった。その風景をじっと眺めていると、いつしかわたしの視界の中に小型のB6蒸気機関車が火の粉を散らして貨物と客車を引っ張っていたり、スマートなC58蒸気機関車や巨大なD51蒸気機関車が轟音《ごうおん》をたてて現れ、けたたましい警笛《けいてき》と汽笛を交差させてもうもうと煙を吐き、鼻をつく石炭と油の匂いがわたしの立っているホームいっぱいに広がってくるや一陣の風と一緒に列車が滑り込んで来て新幹線の路線増設の工事現場がわたしの視界いっぱいに広がり、それとダブってわたしがかつて「罐焚《かまた》き」をした品川機関区がはっきりと眼の前に現れた。

C58106

三、機関車Ｃ５８との出会い

その日は夏の太陽が強い陽射しを見せていた。構内の路線に陽炎《かげろう》が立ちはじめたころ、わたしの乗務していたＣ５８機関車は重い貨車から切り離されて石炭の積まれた炭台《たんだい》へと向かっていた。その横をＢ６機関車が貨車の入れ換え作業でせわしなく動いている。車体がひどく汚れていた。ボイラーは煤煙で色つやなく、主連棒と三つの動輪を繋《つな》ぐ連結棒には赤錆が浮いていた。古ぼけた老朽車といった感じがしたが、わたしのＣ５８もそれと大して変わっていない。車体は煤《すす》けているし、本来ならば銀色に光っているはずの偏心棒、クロスヘッドもすっかり鉛色に変色して、吐き出す蒸気の音も弱々しく喘《あえ》いでいるようであった。Ｃ５８は炭台にたどり着くと、それを待っていたようにあちこちのパイプから蒸気が一斉に噴き出し、油の切れた圧縮機のポンプがギリギリと鳴りだした。長旅を終えてやっと安心したのか、これまで堪えに堪えて作動していた多くの器具の緊張がどっと緩んだようである。正面の煙室はもちろんのこと、上部のボイラーも汚れきって、パイプを包んでいる保温テープが剥《は》がれていたり、車体の両サイドの弁装置には漏れた油が筋状にこびり付き、各器具に埋められた白いパッキングもだらしなくはみ出ている。こんな痛々しい機関車はわたしが庫内手《こうないしゅ》（機関車清掃係）のころはめったに見ることはなかった。先輩にしごかれる機関車掃除は楽ではないが、作業の質量に関係なく神経を使ってずいぶん力を入れたものである。それこそ車体の隅々まで注意を払い、レンガを砕いた磨き粉で丹念に錆《さび》を落として、その後、乾いた糸屑で何度も擦《こす》ってから機械油を塗ってぴかぴかに光らせても、なお班長の検査にはびくびくしなければならないほどであったから、煤《すす》けた機関車を見るとまるで汚れた自分を見るようで恥ずかしかった。細かい整備と掃除に時間をかけた機関車は、かなりの時間を走ってもびくともしないし、そんなに汚れることもない。そのため、出庫時の光沢をそのまま残して戻って来る姿を見ると、そのときほど作業の辛さを忘れて誇らしさと満足感で溢《あふ》れたことはなかった。乗務員から小言を食うのは大概検査の手落ちか掃除の手抜きにあるので、たかが機関車磨きと甘くみることはできない。それにまた、庫内手《こうないしゅ》は機関助士になるための予備軍だから、機関車掃除も勉強の内でどんな嫌な作業でも我慢しなければならない。ところが時世が変わって来たのか、近ごろの庫内手《こうないしゅ》はわたしたちの半分ほどの期間で助士試験が受けられるので、機関車の洗車や整備をゆっくりとやれないために、現場の機関車はろくな掃除をされないまま出庫するほど酷使されていた。

「ひでぇ、罐《かま》だな。よくこれで本線が走れたものだ」

上半身裸の炭水手が呆《あき》れたように言った。罐《かま》に石炭を積み込んだり、タンクに給水するのがかれらの役目である。炭水手《たんすいしゅ》は炭台からC58のテンダー（炭水車）に乗り移ると、すばやく残っている石炭をスコップでかき集めてその山を一直線にならした。物差し代わりになっている炭車《たんしゃ》の上部に書かれた白線に照らして石炭の使用量を測るためで、素人目にはずいぶん乱暴な測り方に見えるが、熟練の炭水手にかかるとほとんど狂いがないので、その鮮やかな手捌《てさば》きにはいつも感心する。といっても何分《なにぶん》人間のやることだから、ときには狂いの出るのは仕方ない。しかし、最近は石炭の使用量が喧《やかま》しくなっていた。その多い少ないが機関区の名誉の目安となっている無事故日数の記録とほぼ同格に近くなっていたからで、いかに石炭の使用量を少なくするかが国策に沿う機関区の努力目標となって以来、炭水手の手捌《てさば》き加減に乗務員の誰もが神経を尖《とが》らしていたから、計測が納得いかないと、その数字をめぐって乗務員と炭水手が互いに口汚くやり合った。というのは、乗務を終えるとわたしたちは首席助役の前でその日の運転報告を義務づけられていて、報告の中に石炭の使用量も含まれ、石炭を基準以上に使うと仕事の難易度には関係なく機関士と機関助士の腕を問われたり、その成績如何で賞金が出るから、その使用量にはことのほか神経質になるのは無理もなかった。それでいて測る使用量は密度より体積が問題になるため、中には炭台に入る間際に炭車によじ登って固くなった残炭を掘り起こして体積を膨らます者もいるが、わたしの機関士はさすがにそんなせこい指示はしなかったが、使用量には異常なほど神経を尖《とが》らせていたことには変わりない。

石炭をならしている炭水手をじっと睨《にら》んでいる鋭い眼差しがそのすべてを語っている。

「いい線いってるよ」

事務的に数字を言うと、炭水手はスコップを担いでさっさと別の罐《かま》へ去って行った。機関士は
「まあ、いいだろう」そう呟《つぶや》いて罐《かま》を降りたので、わたしもその後を追い、機関士の満足げな表情からどうやら今日のダイヤも無事に乗り切れたと思った。

炭台の辺りは罐《かま》から落とされた灰と石炭殻で足の踏み場もない。ピットという深い溝から炭水手が灰を掻《か》き上げたり、炭台の下で大きな斧《おの》を振り上げて罐《かま》の点火用の枕木を割っていた。機関区の本部はここから線路伝いに五十メートルほど先に行った機関庫の脇にあって、その東側は区の壁沿いに道路を隔てて広大な下水処理場なので風向きによってはにおいが流れてくる。入区当初はひどく気になったが、そのうち石炭の煙やつんと鼻を突くクリンカー（焼塊《しょうかい》）の硫黄のにおいと同じように今ではまったく気にならなくなっていた。また、辺りは何も遮《さえぎ》るものがないので日の出を早く見ることができた。徐々に染まっていく東方の空は神秘的で美しく、刻まれていく時間につれて微妙に変化する光彩は生気に満ちていて、見ていても少しも飽きることのない壮麗な光景だった。真っ赤に燃えた西空に沈む夕日は、いくら美しくてもその果てはどこか寂しい。それに比べて誕生する太陽は、輪郭の確かさと荘厳な鋭い光の放射にいつも心の奮い立つ思いもあって、わたしは日

の出を見たいばっかりに夜勤のときはよく石炭の積まれた高いテンダーの上で夜を明かしたものだった。

「ほう、これはまた、大したがんばりだ！ご苦労さま」

首席助役の武内は石炭の使用量を聞くと、笑みをたたえていた。後ろの席で書類を広げていた当麻指導助役も、席を立ってその報告を覗《のぞ》き込んでから、

「こりゃぁ、凄《すご》い。この分だとまた賞金ものだな」

と相槌《あいづち》を打ったが、機関士はそれに応えずごく当たり前といった態度で立っていたが、

「それにしても、あの罐《かま》はしんどいですね。そこらじゅうが傷だらけだ。あれで本線なんて酷ですよ。涙金みたいな賞金ぐらいではとても割に合うもんじゃない」

と吐き出すように言った。

「無理は承知の上だ。罐《かま》がどんどん徴用されるし、製造も思うようにいかない時世なんだから、どうしようもない。まあ、これもお国のためだ。がんばってくれよ」

「指導助役も一度乗ってみなさいよ」

「乗ったところで、君のようにはいかないさ。君の腕は区内でピカイチだからね。その君に投げられたら本線はダメになる。そうなったら機関区どころか国鉄がバンザイさ。国鉄を思う私たちのた

めに辛抱してくれたまえ」

当麻指導助役が機関士の肩を親しげに叩いた。そう言われて機関士はまんざらでもないらしく、それまでの固い表情を崩すと今日のルートでいかに燃料を食わないように運転したか、その苦労をねちねちと説明し出したので、わたしは先刻までの不快な運転ぶりを思い出して「嘘言え！」と言いたい腹だたしさをじっと堪えて話の済むのを待っていたところ、いったん自分のペースになった機関士は水を得た魚のように、それこそ立て板に水で話はますます高潮して止む気配はなかった。それにしてもよく、まあ、これほどしゃあしゃあと自画自賛ができるものだと、苦々《にがにが》しく聞いていたが、ついにわたしは我慢ができなくなって、

「もういいですか。ぼくからの報告はもうありません」

と口を入れると、武内首席助役は、

「ああ、もういいよ。ご苦労さん。でも岸本君、君には話があるからそこで待っていてくれ」

と、再び機関士の話に耳を傾けた。しかし、わたしの口入れから気がそがれたのか、機関士の口調に前ほどの張りはなくなり、話は断片的に分散してまとまらず、空々しい愚痴話をひとくさりして渋々帰って行った。武内首席助役は茶を一口飲むと、わたしを呼んで小声で言った。

「実はな、まだ非公式なんだが近く石炭の試走実験がある。その実験区にうちが指定された。そこ

で区長と助役たちが相談した結果、その試走には岸本君に乗ってもらおうと決めたんだ。だからそのつもりでいてほしい」

「ぼくがですか？」

「そうだ。罐《かま》はC58を使う予定にしている」

「代行なら何でもやりますが、あのコースの試走となると出来ますかね。ぼくより腕のいい奴はほかにもいるでしょう」

「いないわけではない。何人かの候補はあったけれど、本線の勘どころを十分心得ていないと駄目だからな。その点、君は心配ない」

「慣れてるのと、自信とは違いますよ。あのコースは普段でもきついですからね。三輪はどうなんです？　奴は腕もいいし、ぼくよりもずっと勝負強いはずです」

「腕のいいのはわかっている。技術面では彼を推すのもいたが、最後になると反対者が多くてね。それに長く構内の入れ換えをやっていると、本線の勘は鈍くなる」

「なら実験まで本線に移したらどうですか。おそらく三輪の素行が問題になったのでしょうが、もう昔のことですよ。普段の乗務には何の支障もないではないですか。試走を無事に完走すればいいのでしょう」

「それだけではない。本局からの特別指令だから乗務実績はもちろん、勤務状況も良くなければ区の恥になる。三輪の技量は認めよう。しかし、友人の君には悪いが人格的にはまだまだだ。区の代表として乗ってもらう以上、三輪はそれにふさわしくない」

白髪の混じった武内首席助役に真顔《まがお》でそう言われると、最早弁護の余地はなく、わたしは何も言えなくなったが、試走の候補に挙げられたのは意外なことで一瞬戸惑ってしまった。信用されているのはうれしく、選ばれたことも光栄だが、事が一機関区の試走だけではなく、本局がらみの実験となるとその責任は重く、軽々しく引き受けられるものではないからだ。ひとつ間違えば「すみません」では済まされない厳しい事態が起こるのは明らかなので、わたしは即答できないまま、しばらく武内首席助役を見詰めていた。実験の目的は石炭の効率を測ることにあったが、どんな石炭を使うかは機関区に指示はなかったという。わたしの仕事は罐焚《かまた》きだから、その石炭が分らないでは掴《つか》みどころがなく不安を感じたが、試走コースが今日のルートとまったく同じなのと、機関車にC58を使うということでわたしの心は動いた。

「ただ乗り切ってくれさえすれば、それでいいのだ」

そう繰り返すだけで、武内首席助役からの細かい説明はない。確かに試走実験の機関助士に指名されたのは栄誉で感謝すべきものだが、問題は大宮から品川までのそのコースが普段から助士泣かせのダイヤと敬遠されている難コースであること、途中の二ヶ所の給水と一時間ほどの貨車の入れ換え作業で多少罐《かま》を休め、ひと息できてどうにかこうにか品川まで繋《つな》いでこれたものを、今回の試走ではそのコースをノンストップで走るというのだから躊躇《ちゅうちょ》してしまう。つい先日も兄弟機関区の罐《かま》が、そのコースの途中でエンコして大騒ぎしたばかりだ。もちろん、機関車乗務員であれば誰でも難コースには闘志を燃やし、とくに長距離のノンストップの運転は一度やってみたい、挑戦してみたい気持ちは強くあるものの、いざその場になると果たして完走できるか、もしエンコの二の舞をしたらどうなるのか、とその不安ばかりが先に立ってしまう。まして、試走実験という衆目にさらされる公的な運転ともなれば、たとえ小さな事故でも乗務員には取り返しのつかない致命的な汚辱《おじょく》となる。そう思うとわたしはなかなか即答できずに、ただ黙って立っているよりほかはなかった。

「どうだね、やってくれるね。教習所の調子でやれば心配はない。投炭競技で最優秀賞を貰った君ではないか。頼む」

一年前の栄光が少々くすぐったかったが、武内首席助役にそう言われると悪い気はしなかった。

「大変な役で大丈夫ですかね」とわたしが曖昧《あいまい》に応えると、彼はわたしの気持ちを探るというよりも、指名したことに責任を持たせるように、

「岸本君。君しかいないのだから、もう観念したまえ。君ならきっとやれるよ」

と、念を押すように重ねていかにも頼り切った口ぶりだった。武内首席助役とは庫内手《こうないしゅ》時代からの付き合いで、本部詰めの使い番になったとき気に入られて何かと面倒をみてもらった関係上、わたしを強く推薦してくれる胸の内はよくわかるし、彼が次期区長の椅子を狙っていることも薄々知っていた。おそらく、この実験が成功すれば、病気がちの現区長に代わって区長になることは間違いない。身近な人が出世するのはうれしいことだが、今はそんなことはどうでもよかった。試走実験が成功するか失敗するか、やってみたい魅力と事故の惨《みじ》めさを思い浮べながら、わたしの心は振子のように揺れて迷っていると、わたしの返事を期待している自信ありげな武内首席助役の顔が一層その決断を狂わせ、「ここが一番だぞ」とずるそうな目が光るかと思うと、やさしい視線がわたしを包んだ。「そうですね」わたしは半ば観念して、彼の新しいポストとわたしの栄光とを脳裡《のうり》で交差させながら二、三やり取りした後で、

「機関士は誰ですか?」

と訊ねてみた。もしも、今日の機関士だったら区長の命令であろうと、いくら恩義のある武内首席助役の頼みであっても断固として断るつもりだった。

「まだ未定だが近々決まるだろう。彼でないことは確かだよ」

武内首席助役が薄笑いを見せたので、わたしはほっとして、

「ひとつ、お願いがあります」

「何だ?」

「罐《かま》にC58を使うのでしたら、106にして下さい。106でなければぼくは出来ません」

「106?あの罐《かま》は今日のよりももっとガタがきているんじゃあないか」

「ええ。でも、整備さえしっかりやってくれれば、まだ走れます。あれとならやれると思いますから、なんとか106にして下さい。106でなければぼくは出来ません」

「うむ」

武内首席助役は腕組みをしてしばらく考えこんでいたが、まもなく、

「106ねぇ。106か………」

と、ため息まじりに呟いた。

「はい、今度はわたしのお願いです。どうしても106にして欲しいんです。お願いします」

わたしは何度も頭を下げた。あれほど戸惑い、逡巡《しゅんじゅん》していたわたしがなぜ、こんなふうになったのかよく分らない。ただ、乗ると決意したら、突然C58106の機関車がわたしの頭の中を電光のように走っていったのだ。

C58 106

「よし分った。106のことは考えておこう。ではいいな」

「はい」

わたしはきっぱりと答えた。

「これで決まった」

武内首席助役はうれしそうにご機嫌だったが、わたしは事を引き受けたとたん、全身の力が抜けて一日の疲れがどっと出た。一刻も早くこのべっとりとした脂と汗を風呂で洗い流したかった。


わたしが本部のロッカーを出て風呂場に向かう背後から、

「岸本さん」

と若い女の声がした。振り向くと天野玲子だった。

「上りなの?」

書類を抱えた玲子は笑顔で言った。

「はい、今大宮から帰って来たところです」

「そう、ご苦労さま。本線は何か大変なようね」

玲子は本部事務員なので試走実験のことは薄々知っているのだろう。

「ええ、ぼくにはよくわからないけど」

わたしが曖昧《あいまい》に答えると、彼女はそれ以上はふれないで、

「でも、がんばってよ。肇も応援するからね」

と、眼をきらつかせて足早に立ち去った。彼女は二重の眼が美しい。両頬に小さなえくぼを見せて笑う顔も魅力的である。髪を後ろに束ねた赤い紐が小刻みに揺れていた。

玲子はわたしより三、四年先輩で、わたしが新入庫内手《こうないしゅ》の区内研修会で幹事になったとき、本部事務との連絡でしばしば彼女の世話になった。また、帰りの品川駅のホームで偶然会って以来、玲子が京浜東北線で二つ目の蒲田、わたしは一つ目の大井町ということからわずか一駅の同行のうちに彼女の父が国鉄マンでその関係から本部の事務員になったこと、弟の肇はわたしより二歳下の中学生で、早くからSLに憧れていたが、幼いころに小児麻痺に罹り、その後遺症で足の不自由から国鉄マンを諦めてその写真を集めているSLファンということも知った。また、玲子は肇のことになると美しい眼を一層輝かせて話す弟思いで、ひとりっ子のわたしには彼女が熱っぽく語る肇がとても羨《うらや》ましくまた妬《ねた》ましかった。ときには、玲子の楽しそうな話しぶりを不快に感じて、ろくすっぽ返事もしないで拗《す》ねたこともあったが、それでもわたしはせっせと肇のためにSLの設計図や機関区の写真を集めてやった。それは当初、夢が砕けた肇を少しでも慰め激励してやろうというわた

しの好意で、肇もそれをひどくよろこんでくれたことからわたしはますますハッスルして石炭の標本や缶詰の空き缶で手提げランプを作ってやったりしているうちに、玲子と会う機会が多くなって、そのたびに眼をきらつかせてよろこぶ顔にわたしは心地よい気分となった。ときにはわたしの両手を包み、

「早く、機関助士になってね。そのときは肇と一緒に乾杯しましょうよ」

と固く握り締めてくれることもあった。瞬間かあっと血が全身を走り、母と違った柔らかな肉感に快感をおぼえたりしたこともあって、いつしかわたしは玲子の笑顔を見たい、また彼女に手を包まれたいという願望が肇への好意以上に募っていった。

わたしは彼女と会ったことで、試走実験への参加に新たな闘志が湧いてきた。風呂場は機関庫の横で昼間なのに結構混んでいた。流し場はひんやりとして汗ばんだ体には気持ちよく、多少濁った湯でも手足を伸ばすと長い緊張から解放された実感が全身にしみわたって気持ちがいい。これが機関区の終業間際となるとこんな余裕はない。もうもうとした湯気の中で押し合いへし合いしながら汚れた肌と油臭さでとても湯の感触など楽しめないが、それでも区内の風呂は一日の中でわたしがわたしに還る唯一の極楽である。湯の中でつるつるした肌をゆっくり撫《な》ぜていると、わたしはどんな嫌なことがあっても気持ちが軽くなる。とくに今日の仕事のようなときは湯の効用は何ものにも

替えがたい世界があった。

いつも乗務するルートは品川から大宮操車場までと、大宮操車場から品川までの半々のダイヤになっていて、その前半は輸送が終ると機関車を大宮機関区に預けて電車で帰る。今日はその引継ぎダイヤの後半だったので行きは一般客と同じ電車で大宮に行き、ひと休みしてから運転点呼を済ませて操車場に向かって大量の貨車を運んできた。品川までのコースはまず東北線で赤羽に出て、板橋経由の赤羽線から池袋、新宿、渋谷、恵比寿を回って直行する。その間に一〇〇〇分の一〇から二〇の勾配がかなりあるし、石炭を焚けない無投炭区域が二ヶ所もあって本線の中では一番きついコースで、しかも操車場を出た直後にハンプという貨車の仕分け用の小高い丘に平行した坂を上らなければならない。雨でも降ったらえらいことで、それでなくても動輪の空転し易いところだから何度も空転を繰り返して、あげくには後戻りして何度も上り直すこともあるので乗務員の緊張はひどく、今日もわたしはびっしょり汗をかいた。

C58は一般に1C1形式といわれて前後に小さな車輪が一つずつ付いていて、その間に大きな動輪が三つある。Cは動輪の数を示す記号で、その三つの動輪は連結棒によって繋《つな》がれ、機関車の主軸であるビッグエンドやピストンに直結している主軸棒と結びついている。動輪が一回転するごとに主連棒と連結棒は一直線になってシリンダー内部のピストンが伸び切るが、この状態をわたしたちは死点と呼び、このままでは機関車は動かなくなる。そこで回転をスムーズにさせるために、左右のどちらかが死点になると、その反対側の主連棒の位置は必ず最強の力を持つ角度になってい る。だから、両サイドの死点のたびに空転でもしたらそれこそ眼もあてられない。しばしば起こる機関車のエンコは案外この死点にとり憑《つ》かれたせいかもしれない。が、今日のC58は坂の途中で一、二度止まったが、火の粉を吐きつつどうにかこうにか上りきることができた。

この勾配さえ越えれば、あとは川口までは平坦線が続き、線路も直線で周りにはほとんど人家のない田畑が広がり、その間をC58が快走するのはとても爽快だ。浦和駅を定時で通過し、駅周辺の住宅街を眺めていると、決まって庫内手《こうないしゅ》のころが浮かんでくるのは、何かと世話をしてくれた小針先輩の家がそこにあるからである。

庫内手《こうないしゅ》の主な仕事は機関車の掃除だ。これは日勤で夜勤には洗罐《せんかん》の済んだ罐《かま》に火を入れる点火番、機関車のランプを整備する整灯係り、本部詰めとなって乗務員との連絡やお茶汲み、それに助役たちの手助けをする使い番などがあり、わたしが点火番で眉を焦がして火付けに苦しんでいたとき、手際よく助けてくれたのが機関助士の小針先輩だった。こんなことはめったになく、庫内手《こうないしゅ》は機関助士から機関士へと進む階梯職《かいていしょく》なので、階級的にはひとつしか上ではないのに待遇の違いは大変なものであった。庫内手《こうないしゅ》は傭人《やといにん》扱いで青い菜っ葉服しか貰えないが、助士は雇員となって菜っ葉服のほかに国鉄マンの制帽と袖に一本蛇腹の入ったラシャ服一式が着れるだけではなく、ものの見方から立ち振る舞いまでがらりと変わってしまう。昨日まで同じ庫内手《こうないしゅ》であった者が助士になるや仲間でも「おい、掃除屋、掃除屋」と呼んではばからないから、わたしたちは早く教習所に入りたいとやっきになったり、合格した連中の襟に付けられた甲骨文字風の「教」の金バッジに熱い思いを込めていた。それほど庫内手《こうないしゅ》にとって助士の世界は近くて遠い存在だった。が、小針先輩は一度としてわたしに「掃除屋」と言ったことはなく、何時も「岸本君」と「君」づけで気楽に付き合ってくれた。もちろん、投炭のコツや東京鉄道教習所の受験勉強も特訓してくれた。

東京鉄道教習所は池袋西口に豊島師範学校（現東京学芸大学）と隣接した場所に設置された全寮制の関東地区（福島～東京～静岡）の機関区を対象とした鉄道局の教育機関で、その歴史は古い。一九〇九年、鉄道院の初代総裁後藤新平により国鉄マンの技術習得と人格修養を目的に札幌、仙台、東京、名古屋、大阪、門司に誕生した。以後、国鉄の発展に伴い、その組織と教育内容は新設、統合、廃止を繰り返しつつ、一九二二年に鉄道省教習所として外部からの受験も受け入れる官立学校となり、高等部（のちの専門部）、普通部（のちの中等部）及び十九コースからなる専修部（四ヵ月～八ヵ月）として大幅な改革がなされた。この東京鉄道教習所は戦後ＧＨＱによって廃止されたが、それまでは誇り高い国鉄マンを養成した教育施設であった。

機関助士科は専修科に属し、四ヵ月養成の短期コースである。教習所は毎朝六時に起床し、全員上半身裸で街中の大通りをエッサエッサと掛け声をかけながら走っていくのが一日の始まりだ。入所当初はかなり苦しかったが、慣れてくると朝の目覚めにはいい刺激となった。わたしはそこで初めて豆カス入りのご飯を食べた。土曜日は午後から自由となり外泊も認められていたが、わたしは生活のリズムを崩したくないので、二、三度帰宅しただけで寮に残った。夜の屋台で流行り出した海藻メンを並んで食べたのもこのときである。その顕彰として西口の一角に沿革の説明板があり、次のように記されている。

ここはかつて東京鉄道教習所があり広大な敷地に校舎、大講堂、図書館、プール、寄宿舎など立派な施設が完備され、多数の鉄道マンが勉学にいそしんだ場所である。

当地の所在地

東京府北豊島郡西巣鴨町字池袋

敷地および建物

約三七〇〇〇平方米の敷地に校舎、大講堂、寄宿舎など約一〇〇棟の建物があった

存在した時期

大正十三年（一九二四）〜昭和二十九年（一九五四）

以下略

東京鉄道教習所は空襲で焼失後、専門部は千葉県松戸に移ったが、一九四九年に廃校。その後民間運営による各部門ごとの研修センターとしてその伝統は受けつがれているという。

また現在、池袋駅南口寄りのメトロポリタン口のルミネ池袋（旧メトロポリタンプラザ）の1階入口にSLの動輪が一つと、ホテルメトロポリタン二階のバー入口に一つ置かれているが、どちらもC58422のものである。

ある夜、小針先輩に誘われて高台を線路沿いに歩いていたら、突然彼が、

「線路はきれいだね」

と呟《つぶや》いて立ち止まり、

「ぼくはあの線路に惹《ひ》かれて機関士に憧れた。見れば見るほど神秘的だ。岸本君、そう思わないか？」

と言った。なるほど、覗《のぞ》けば眼下に二本のレールが刃物のように光って一直線に延びて、延びた先が細くなって闇に消え、しかも交わることのない二本のレールは距離をおけばおくほどひとつとなって延々と続き、わたしたちが立っている地点の前も後ろも同じようにその先の方は一本になって消えていた。わたしは初めてレールが闇から生まれて闇に還り、眼前の銀色の線は過去から現在、

未来へと延びているように見えてきた。並行して延びている二本のレールはがっちりと枕木に支えられ、その上を黒い鉄の巨体が往来する。枕木の良否が線路の命脈を分けるとしたら、その枕木が小針先輩というレール、岸本というわたしのレールをしっかりと結びつけている絆のように感じられた。だとしたら、起点を異にした小針先輩とわたしの二本のレールは互いの行き方は違っていてもやがては一本になって行くだろう——そんな思いがこの夜の体験以後、線路を見るわたしの眼を変え、その上を走るわたしの人生というものを少し考えるようになった。

まもなく、C58の前方に赤い鉄橋が見えてきた。埼玉と東京を結んでいる荒川の鉄橋で、その鉄橋が目に入るとわたしは不思議なほど感情が高ぶって、ボーッ、ボーッと太い汽笛が鳴ってC58が轟然《ごうぜん》と鉄橋に入り、網目の鉄骨の間から緩やかな荒川の蛇行がちらつくと、「東京だ」とほっとする。時間にしてほんの十数秒だが、わたしの頭は空白になって戦争のことも、石炭節約のスローガンも賞金のことも忘れて滔滔《とうとう》と流れる川に恍惚《こうこつ》となった。東京育ちのわたしが古巣へ戻った安堵感と川遊びの幼いころに戻るからだろうか。

「おい、岸本。黒い煙が出ているぞ」

荒川を渡り切ったころ、機関士から注意されて反射的にC58の煙突を見ると、大した煙ではないが蒸気に混じって黒煙を吐いていた。いつもと同じく、鉄橋に入る前に焚口近くに多目に石炭を重ねていたのでその不完全燃焼の黒煙が出たのだ。一瞬、乗務員室に貼られている石炭節約による「三杯投炭の励行」のポスターが頭をかすめたが、この程度なら大勢には影響がない。しかし、その日の機関士は区内でも指折りの賞金稼ぎ屋で、出発時から罐《かま》を焚くわたしのショベルに眼を光らせるなど、石炭の使用量にピリピリしていた。

「気を付けなければ駄目じゃないか」

機関士は不機嫌だった。加減弁ハンドルを絞って蒸気の吐出を極度に押さえて、俺はこれほど気を遣っているんだぞ、と計器を睨《にら》んでいる険しい顔つきにわたしはむかっときた。出る前にもちょっとしたトラブルがあった。大宮操車場で顔なじみの操車係りがバケツを下げて「湯をくれないか」と言うので注水器から湯を出していたら、車体の検査をしていた機関士が、突然「馬鹿野郎！無駄なことはするな」と、血相を変えてキャップに駆け上がってきた。

「これも燃料の内だ。付き合いだからといって気安くやるんじゃぁないよ」

テンダーの掬《すく》い口からこぼれた石炭のカケラを手で集めた。そうかと思うと、ショベルで掬《すく》う石炭の量が多いの、黒煙を出し過ぎるなどいちいち文句をつけては「これもお国のためだ」と言う。それでもわたしはじっと我慢してきたが、荒川ではその限度を越えていた。

「これくらいの煙で賞金は逃げませんよ」

「何を言うんだ。もう直ぐ無投炭区域だぞ」

そんなことは分っていたが、返事する気にもなれなかった。彼はさらに語気を強めて
「もっと蒸気を上げろよ」

と言った。

「焚いたらまた煙が出ますよ」

「節約と必要な石炭とは別だ」

「相当焚かないともちませんけど、それでいいんですか？」

「いい悪いを言っているんではない。今焚かないと浪費が多くなるんだよ」

「そんなら浪費しないように運転すればいいでしょう」

わたしも負けていなかった。機関士の言い分に道理があっても「浪費」という言葉がわたしの感情を逆撫でした。こうなったら彼の出方次第でとことんやってやろう、賞金なんかクソ食らえだ、そんな気にもなってやりとりしているうちに、蒸気の圧力が少しずつ下がってきたが、わたしは放っておいた。すると、

「無駄な蒸気は使いたくない」

と言うなり彼は座席から降りて、いきなりわたしのショベルを奪い取って石炭を投げ込んだ。

「何をするんです」

わたしは機関士の手を掴んだが、彼はわたしを突き飛ばして石炭を掬《すく》おうとした。大した気性で、これでは同乗を嫌がる助士が出るのも当然だが、賞金稼ぎの鬼というか、そのために仲間をも蹴倒す機関士の強引さとわたしのショベルを握った彼が許せなかった。

「これはぼくのものです。早く運転席に戻ってください」

わたしは機関士から懸命にショベルを取り上げた。もちろん、わたしとて石炭の節約は肝に銘じていたし、賞金だって欲しかったが、機関士のように賞金目当てにがむしゃらになる気は少しもない。まして運行を無視し、同乗の助士を信用しないでただ闇雲に賞金を狙うその浅ましさに虫ずが走った。助士にも職務の責任とプライドがある。仕業内容とルートによって投炭の仕方は多様に変化するので、その対応にはいつも全神経を尖らせているし、機関士とのコンビネーションも大切なので運転しやすい気配りと、絶えず消費燃料を頭に置いて罐《かま》を焚いているから、それにケチをつけられたり、信用されなくなったら腹が立つのは当然だ。運行の成功失敗は両者の気心と技のバランスから生まれるもので、それも互いに相手を理解し合う謙虚さがあってこそ成功の確率は高くなるのだ。その点、この機関士は腕は良くても、その技は賞金を得るための冴える機械でしかなかった。人はそれを陰では軽蔑していても、成績が終始一位で賞金を貰っていると、いつしか賞金の神様と羨望するようになる。そして、その反動として賞金を逃すと機関士は自分の拙技《せつぎ》を棚に上げて、助士の腕が悪いからとこき下ろし、助士は機関士の運転が下手だからだと非難し合った。さらには賞金の有無で勤務評定されるのではないか、と怯《おび》える雰囲気が区内に広がり出す始末であった。そうなると、賞金はもはや一個人の小遣い稼ぎの枠を越えて、乗務員の評価から機関区の評価へと発展して「三杯投炭の励行」のポスターが一段とクローズアップされてくる。職場がこんな雰囲気だからこの機関士は褒《ほ》められることはあっても、責められるところのない、むしろスローガンを忠実に遵守《じゅんしゅ》している模範的な戦士であったかもしれない。でも、わたしは彼を尊敬できなかった。蒸気消費への異常なほどの気遣いには多少感心しても、機関助士の命ともいうべきショベルを平気で私用化する神経にはとても耐えられなかったからだ。

この言い合い以後、わたしは機関士とひと言も交わさなかったが、投炭には普段よりもさらに全神経を集中させて意地でも賞金を取ってやるぞ、そんな気概で罐《かま》を焚いた。それがかえってよかったのだろう、成績は一位となった。が、機関士の報告はわたしへの労りなぞひとかけらもなく、極めて事務的で冷ややかであった。それを聞きながらわたしは一位の喜びよりも、彼への嫌悪感がむらむらと起こった。

風呂場はきつい仕事から離れて、嫌な人間関係からもいっとき解放される区内の楽天地である。

よく仲間内で勤務の終わりは罐《かま》を降りて運転報告を無事に済ませた時点なのか、それとも風呂に入ったときなのかと話題になるが、職務からみれば報告を済ませたことで仕事の終了とするのが妥当であっても、心身の解放からすれば裸になったときこそ本当の終業を実感するので、風呂に入るまでは仕事の内といえるかもしれない。それほど風呂はわたしたちにとって戦士から一般人になるかけがえのない憩いの場となっている。高ぶった気持ちが少し落ち着いてくると、不思議にあれほど不快だった機関士のことは次第に薄れてきて、武内首席助役から指名された試走実験のことが頭の中で新鮮な感動となって広がっていく一方、選ばれたことの心地よさと共に庫《こう》内手《ないしゅ》のころから投炭のライバルだった三輪とのあれこれが大小の渦となってわたしに迫ってきた。

四、試走実験にC58106を選ぶ

三輪はわたしより半年遅れで教習所を出たが、本線にはわたしと同じ時期に乗ったほど投炭技術が勝れていたのに、どんなことがあったのか三ヶ月たらずで本線勤務から下ろされて構内の入れ換え組に配置換えされた。機関士を殴ったとも、仕事に穴を開けたともいわれていたが確かなことは分らなかった。以後しばらく悪い噂《うわさ》が飛んでいたが、そのうち賞金を取り始めて最近では腕のいい助士として結構重宝がられていたから、本線と入れ換え勤務の違いはあっても投炭技術では三輪は抜群の腕があったのだろう。わたしは三輪と教習所が一緒でなくて良かったといつも思うほど、彼は実に見事な技と鋭い勘を持っていた。もし、教習所が一緒だったらわたしの最優秀賞は幻であったかもしれない。といって、わたしが実戦に自信がないというわけではなく、日ごろの練磨と本線勤務のキャリアからすれば、まだ戦ったことはなくても十分勝てるという自負はあった。それだけに、選ばれたのが三輪ではなくてわたしであることから、今回の試走実験はその実力を三輪に、というよりも区内に示す絶好のチャンスとして絶対に失敗したくなかった。そうなると、やはり同乗の機関士が誰になるかがとても気になった。コンビが悪ければ今日のようになるし、両者の波長がひとつ狂えば事故にも繋《つな》がる。機関士と機関助士の理想的な関係は「あ・うん」の呼吸の合った夫婦のようなものだ、といわれていても実際にはなかなか難しい。それにまだ分らない機関士を想像して期待をかけるのは、未知のルートを前にしてあれこれ緊張するのに似て気持ちが落ち着かなくなり、かえって不安が募るばかりである。でも、今日の機関士ではないことは確かだから、それを救いとして後は天に任せるほかはない。分らない相手をいくら詮索したところで徒労だし、そんな思案よりも機関士が誰であろうと応えられるだけの準備をしておくことの方がわたしの務めとしては大事なことだ。人事を尽くして天命を待つ、とはこういうことであろうか、そうだ、明日から投炭場へ行こう。精いっぱい汗を流せば自ずと道が開けるだろう。

わたしがそんな思いでざんぶと湯船に飛び込んだとき、上がり場から人声がしてぞろぞろと男たちが入って来た。そして、ろくに洗いもせずに次々と湯に体を沈めて声高にしゃべっている。

「どうした、今ごろ?」

「どうもこうもないよ。ヘソを溶かした罐《かま》に付き合わされてさんざんさ。うちでなくてよかったよ」

「あそこはまたやったのか。しょうがねぇな」

ヘソ(臍)というのは石炭の燃焼する火床の天井にねじ込まれた二つの栓で、中に鉛が詰まっていてボイラーの水が極減すると、その鉛が溶けて蒸気が噴出して火床の天井の火を消す、いわば罐《かま》の保護と空焚きの危険を乗務員に警告する役目をしている。めったに溶けることはないが、溶ければ罐《かま》は当然運行不能になり、事故扱いとなって乗務員は運転業務から降ろされて火を落とした機関車の洗罐《せんかん》へ回される。それは一日中、罐《かま》の湯垢《ゆあか》と放水との格闘で、しかも一種の懲罰的な作業だから ヘソを溶かすことは乗務員にとってはとても不名誉なことであった。事故が起きた場合、結果的には機関士と助士の共同責任となるが、原因の大半は助士の不注意か拙《つたな》い罐焚《かまた》きにあるので、ヘソを溶かすと機関士に恨まれることはもちろん、助士仲間からは軽蔑され、区内の無事故日数をゼロにしてその恥を区内に晒《さら》すからわたしたち助士にとっては一番怖い存在だ。しかし、湯船で聞こえるかれらの話によると、その事故は必ずしも助士の責任とばかり言えないものがあった。

「あんな岩のような石炭じゃ、どうにもならないよ。効率が悪いどころか灰ばかり溜まるからエンコするのも仕方ないさ。うちだって危ないもんだ」

「そうだよな。最近は上質の夕張炭なんか、ちっとも拝めやしない。ツヤのないボロボロした粗悪炭ばかりだ。そのうち褐炭《かったん》まで使うという話だぜ」

「褐炭《かったん》?よしてくれよ。そこまで来たら、蒸気はおしまいだ」

「早いとこ、ジーゼルか電気に鞍替えした方が利口かも知れないな」

「石炭がなければ、石油だって駄目だろう」

「石炭どころか罐《かま》もいけないそうだ。何でも丸い蒸気溜めとサンドボックスを四角の箱型にするとも言っている」

「へぇ、そりゃあ、そうだよ。組み立てがずっと楽になるからな」

話はまだまだ尽きないが、どれもこれも暗い話ばかりで息が詰まった。彼らの話と今度の試走実験とあるいは関わりがあるかもしれないが、わたしは迷ったり愚痴る気持ちにはなれなかった。実験の目的と意味が多少分かってくるに従い、その打開策の動きをかれらより先にしかも秘かに知ることができる、その戦士のひとりとして選ばれた事実にわたしはむしろ快い満足感を持った。そして、話が深刻であればあるほどわたしの思いは試走実験への夢となって膨《ふく》らみ、どんな障害があろうがいかなる結果になろうが、ともかくやってみることだ、選ばれたわたしにはそれ以外にない、「よし、投炭を一からやり直してみよう」そんな気負いが全身をますます熱くしていった。

わたしは風呂場を出ると、その足で投炭場へ行ってみた。投炭場は本部から遠く離れた機関庫の裏手にあった。この先の貯木場へ材木を運ぶ貨物がないときは区内で一番静かな場所だった。

投炭場には誰もいなかった。四台の模型火室にはみなシートが掛かって深閑としていた。ここはかつて庫内手《こうないしゅ》時代に教官や先輩の小針たちにしごかれ、汗を飛び散らして技を競い合ったわたししたちの戦場であった。また賑やかな応援の中でわたしが三輪と首位争いをしたのもここだった。そのころ、庫内手《こうないしゅ》はむろんのこと、教習所を出たての助士見習いも先を争って練習をしていたので投炭場はいつも汗臭さと、むんむんする若い熱気に溢《あふ》れていたのに、そんな気配はどこにもなく、かび臭い空気が澱《よど》んでいた。それどころか、被《かぶ》さったシートをはがしたとたんに白い埃《ほこり》が舞い上がっていた。投炭の出入りのないまま、よほど長く放り捨てられていたのであろうが、その変わりようにわたしは呆然とした。これは一体どうしたことなのか。確かに投炭練習は苦しくきついものだが、庫内手《こうないしゅ》時代の講習会でも、教習所でも投炭は必須科目であったし、助手見習いの作業の九十八パーセントは投炭で、一本立ちした助士でも実務基本は投炭にあったから、たとえ乗務に就いても投炭練習は欠かせなかった。わたしも見習いのときは毎日のように投炭場に通い、中には徹夜乗務の帰りに練習する先輩すらいるほどだった。

それがわずかの間にこんなにも寂《さ》びれるとは思いもよらぬことだった。ここ一、二年乗務員の召集が急に増えたのでその影響もあるだろうが、まさかこれほどひどいとは知らなかった。最近、庫《こう》内手《ないしゅ》の指導期間がぐっと短縮されてきてはいるが、機関助士の基本教育である投炭練習を割いてまで助士養成をしなければならないほど人手が足りないのだろうか。それとも過密なダイヤのせいで練習ができないのか。これでは風呂場で聞いたヘソの危険も他人事ではなく、自分の足元から湧いてくるその不安を投炭場の埃《ほこり》臭さがいっそう強くさせるだけではなく、そのにおいよりも、もっと切迫したものが鋭い矛先となってわたしに襲ってきた。わたしはこれまでどんなに仕事が辛くても、そのことで悩んだりはしなかった。苦労することが一人前の機関士になる夢を育てる肥やしだと信じていたからで、その母体である国鉄の存続の有無など考えたことはなかった。わたしにとって国鉄は絶対不動のものだ。ところが、その国鉄が戦況の逼迫《ひっぱく》からその存亡が危機に晒《さら》されているらしい。もし、試走実験というものがわたしの前に現れなかったら、わたしは投炭場へ来ることもなかったし、細切れの噂話から拾った情報の中で大した変化もない日常を送っていたことだろう。確かに人手は不足していたが、投炭場がかび臭く埃《ほこり》を被《かぶ》るなどとは予想もしなかった。ボロボロの機関車、歯が抜けるように欠けていく区内の人たち。気がつくと、国の大動脈である鉄道から容赦なく人材や物質が失われて、わたしたちの未来がどうなるのか——暗闇が大きな口を開けて待っているような恐ろしさを感じ、ここへきてわたしはようやく試走実験がどんな意味を持っているのか分りかけてきた。しかし、本当の目的が何であるかは知ることができないまま、わたしが与えられた命題は「完走」だった。それには全精力を「完走」に集中し、これまで以上に投炭技術の限りを尽くさねばならない。それしかなかった。

わたしはショベルを持ったまま火室模型の回りをゆっくりと歩いてみた。投炭場にある火室は

9600型機関車の模型で、この罐《かま》はボディーが高く、ボイラーと煙突が短いので、一見ずんぐりした武骨なスタイルをしているが牽引力は抜群で他を圧している貨物専用機関車だ。軸配置がC58の1C1と違って1Dになっていたり、火室面積が広軌並みに広くなっているのもそのためであろう。C58が出るまでは「キュウロク」と親しまれて貨物機関車の花形だった。しかし、火床《ひどこ》面積が広いのとそれだけ投炭範囲が深く広がるので助士の負担も大きい。わたしも本線で何度か乗ったことがあるが、その走る姿は豪快で迫力はあるが、現場は振動が激しく、石炭の掬《すく》い口と焚き口との間隔が広いために危うく振り落とされそうになったり、短いショベルでは間に合わないので大きなスコップで投炭したこともあった。それでも「キュウロク」で構内の入れ換えをすると、このときばかりは力はあるし燃料効率も高いので小さなB6の比ではなかった。それだけに「キュウロク」の火室は投炭練習のモデルとしては最適だった。

模型火室は実物大の箱枠で、投炭練習はその正面に据えられた焚き口に、大豆ほどの粒に揃えた石炭を片手ショベルで掬《すく》って、一方の手で焚口蓋《たきぐちふた》の鎖を引いて投入する作業だが、ショベル一杯の量は約一キロ。それを決められた撒布順序に四百回ほど繰り返し、一杯焚くのに約三秒、大体二十分ほどで一クールが終って投炭でつくった厚さを所定のポイントごとに測って自己採点するのが投炭練習で、その競技では基準に照らして技の優劣を決める。時間にすればわずかだが、この二十分間をリズミカルにしかも所定の場所に正確に投炭を持続するのは容易なことではなく、途中でショベルが動かなくなったり、ショベルの先が下がって石炭がこぼれ出したり、撒布場所によってはショベルの角度を変えたり、ひねったりするので手がしびれてショベルを落とすこともあった。

落とせば大きな減点となり、また弾みでうっかりショベルを火室に投げ込んだらそれこそ罐焚《かま》き最大の汚点となって失格となる。もちろん、足元にこぼれた石炭も減点の対象となった。わたしも当初、ショベルを落としたり火室に投げ入れて谷教官からずいぶん叱られた。便所でしゃがめなくなって往生したり、掌の豆が潰《つぶ》れて血を流すこともしばしばだった。また、基準を目標に懸命に投炭したつもりでいても、結果はつくられた厚さが不均衡で、しかもムラの多い無様な火床を見てよくショックを受けた。それでも庫内手《こうないしゅ》の投炭では一目おかれていたわたしだったが、投炭競技となるとでいつも三輪に負けるのが悔しくてならなかった。そこでわたしは泊まり日を狙ってこっそり投炭場で練習するが、いざ本番になると練習などしていない三輪にあっさりやられてしまうし、その美技にはとても適わなかった。撒布《さんぷ》の確実さはいうまでもなく、その仕上がりのなんと美しいことか。火床前後の盛り具合といい、全体の厚さは滑らかで両サイドの線も美しく、基準をぴったりと決めている。しかも無駄のない撒布《さんぷ》で足元には一粒の石炭すらこぼしていなかった。まさに天性の技とでもいうべきものであろう。ライバルながら天晴れとその火床にはほれぼれするほど完璧《かんぺき》な投炭であった。が、三輪の日常となるとまったくその逆で、作業はさぼるし勉強はほとんどしなかった。根気がないというか、秩序立ったものには一切背を向けて投げやりだった。それに鋭い目がどこかやくざっぽく見えて仲間から敬遠されていた。確かに三輪の印象は悪く、わたしも最初は嫌な奴と思っていた。顎《あご》を突き出して相手を見下ろす表情と、横柄な言い方にはどこか険を感じるからだ。そういえば、あのときも危うく三輪と喧嘩《けんか》になるところだった。

その日は東京に初空襲があった。機関区に入ってまもないわたしたちは、庫内手講習の教練の時間に突然警報が鳴って無理やり防空壕に入れられた。暗くて湿っぽい中でしばらくじっと息を殺していたが、壕《ごう》の入口にいた少年が「おい、飛行機雲だぞ」と叫んだので、一人二人と這《は》い出して空を見上げた。抜けるような青空に細い一筋の白い帯が長く延びていた。

「きれいだなぁ。一度でいいからああ飛んでみたいな」

「予科練なら乗れるよ」

「まだ歳が足りないさ」

「徴兵の歳が繰り下がったら、行けるんじゃないか」

少年たちがいろいろ言っていた。

「少年兵も募集しているぜ」

後ろの少年が声をかけた。

「それは整備兵だ。乗れなければつまらんよ。俺は絶対にパイロットだ」

そう応えたのはわたしの横にいた三輪だった。

「あれは敵機なのか?」

誰かが言うと、

「そんな馬鹿な、あれは味方だ」

三輪が力んで言うので、

「そんなことは分るもんか。警報が鳴ったじゃあないか。間違いないだろう」

わたしがそう応じると、彼はいきなり、

「じゃあ、お前は入ってきた方がいいと言うのか」

わたしの腕を取って絡んできた。一瞬、むっとしたが、

「そんなことは言ってないよ。敵か味方かはあとではっきりするさ。そう向きになることはないだろう」

わたしが三輪の手を静かに外すと、彼は「ふん」と鼻を鳴らして「絶対に味方だ」と言ってわたしから離れた。三輪と口を聞いた最初だった。ところがその飛行機雲はアメリカの爆撃機で後で

知ったのだが、あのとき、下町地区は焼夷弾《しょういだん》の雨で一帯は火の海となって三輪の家も焼けていた。

「覚えていやがれ、アメ公！今にゼロ戦でめちゃくちゃにしてやる」

興奮した三輪の引きつった形相から、わたしは戦争の恐ろしさを知った。それから三輪はひどく荒《あ》れ出して、

「何が班長だ。庫内手《こうないしゅ》に毛の生えたぐらいで先輩面するな」

と、古参らと殴り合いをするばかりか、古参のいびりに怯えた同僚が三輪に助けを求めたことでその荒《すさ》みにいっそう拍車がかかった。

機関車掃除は一日に四、五台でその分担は、朝の点呼のあとで古参の班長が指示することになっていた。上部のボイラー、煙室から外回りのサイド磨き、それにピット（床下）での汚れと錆び落としなどが主な作業で、ぼんやりしていると直ぐに班長のいるキャップ（乗務員機関室）に呼びつけられていびられる。最初に狙われたのは三輪だったが、逆に古参をねじ伏せてからは彼への扱い方がすっかり変わって優遇され、そのうち同僚の庇護《ひご》をあっさり止めて古参の代行となってわたしたちを痛めつけるようになった。それを恐れて他に転科したり辞めた者も少なくなかった。わたしも飛行機雲以来ずっと三輪から目の敵にされてしごかれるので「クソ、いい気になりやがって」と拳を固めるものの、三輪の背後に古参たちがいるので手を出すことができなかった。その反面、三

輪は三輪でわたしが講習会の幹事で、わたしに同調する者もいたのでわたしを警戒して殴りかかることはしなかったが、「おい、そこが終ったらボイラーだ」「そこはいいから、ピットに潜れ」と古参の口調で命令してきた。腹立たしさをぐっと堪えてボイラーに攀《よ》じ上ると、罐《かま》の熱気とじりじりした頭上の太陽の直射で噴き出る汗がたちまち塩の塊となってぼろぼろと落ちた。また、狭いピットは薄暗く、車体の下を蜘蛛《くも》の巣のように張った大小のパイプと器具の間に潜って掃除するのは怖かった。上からいつ蒸気が吐き出されるか、いつ脇腹の器具が動き出すかとびくびくしながら油垢《ゆあか》を落とした。ときには事故のあった車の車軸に轢《れき》死者の髪の毛や乾いた肉片がへばり付いていてぞっとすることもある。「このままではいけない。早くここから脱けなければ――」「何としても教習所の試験に合格したい」と、わたしはピットの中で焦った。そして日を追うごとに入庫当初に抱いていたわたしの夢と希望は一体どこへ行ってしまったのだろうか、と情けなくなった。

初めて蒸気機関車にふれたとき、巨大な動輪と太くたくましい連結棒に圧倒された。また、車体に取り付けられた無数の機械や走行の心臓であるシリンダーと力強いピストンなど、その一つ一つがすべての動きに微妙に関連している繊細《せんさい》な構造に驚いた。それは新鮮な感動でもあった。それがC58106との最初の出会いで、講習会では教材と実習のモデルとなって「機関車は美しいメカニズムだ」と教えられた。106の車号もその数字を足すと「7」となり、ラッキーセブンという幸運の数字だ。わたしはその偶然の出会いとその「ゲン」が気に入って「よし、お前のその美しいメカニズムを勉強しながら、俺はもっともっとお前を美しく磨いてやるぞ」と張り切ったものだ。だから、わたしの夢と希望はC58106と共に育ち、膨《ふく》らみながら機関助士へ心を躍《おど》らせていた。わたしが試走実験にC58106を選んだのもそのためだった。

しかし、噴き出る蒸気に人間の息づかいを感じて親しんでいたその情熱は日々の厳しい現実にあっけなく押し流されてしまったようだ。いじめられて一旦迷い出すと、自信が失せて何もかもが虚《むな》しくなり、機関車掃除で真っ黒に染まった指の爪のように現実の闇が黒い不安となってわたしを包んだ。その混沌とした闇から抜け出すにはやはり試験に合格するしかないので、日毎に高まる反発と憤怒《ふんぬ》をわたしは懸命に受験問題集にぶつけていった。

そのうち三輪のいびりが急に緩《ゆる》んできた。月例の投炭競技でわたしと三輪が一、二を争いだしたことで彼の意識が変わりだしたのだ。といっても、三輪との決戦になると何時も負けるのがわたしなので、その勝利の優越感から彼の敵愾心《てきがいしん》が多少緩和されたからであろう。しかし、それはいびりの苦痛よりも辛い屈辱《くつじょく》となってわたしの自尊心を揺すぶった。いびりは個人的な憎悪を生むだけだが競技の勝利者は仲間の感嘆と羨望《せんぼう》はもとより区内でも英雄視される。三輪の見事な投炭にぶつかるとわたしはたまらない悔しさで激しく闘志を燃やすが、どう足掻《あが》いても歯が立たなかった。当の三輪は勝者の立場で気を良くしているのか、しごきを緩めるだけではなく古参との間を何かと取り持ってくれたり、「おい、幹事さんよ。ひとつ頼むぜ」と問題集を抱えて来ることさえあった。

幹事というのは庫内手《こうないしゅ》の講習会で世話役をしたからで、三輪からそう言われても実のところ彼が来るのは重荷なので、何とか口実をつくって避けていたが、付き合ってみるとそれほどワルではなく、向こう気が強く結構すねたところがあっても、物怖《ものお》じしない大胆な言動と勝負強さには感心するし、妙に人懐っこいところもあるので頭から憎めなかった。

ある晩、「いよいよだな。よろしく頼むよ」と三輪が石油ランプを下げてやって来た。三輪は点火番でわたしは使い番の泊まりの日だった。三輪のいう「いよいよ」というのは教習所の試験のことだが、今の三輪の力では到底無理だと分っていても、彼の強引な頼みについ引きずられて一緒に勉強しているうちに同じ目的を持った仲間意識というか、いつの間にか競技の勝ち負けを離れた奇妙な友情のようなものが生まれてきた。しかし、三輪はあれほど見事な投炭を見せながら勉強となると飽きっぽく、少し複雑な機関車の構造とその機能や鉄道算術に入るとすぐ欠伸《あくび》をしたりタバコを吸ったりして投げ出してしまう。それを咎《とが》めると「俺って頭が悪いんだよな」と、自嘲しながら仕方なく鉛筆を舐《な》めなめ計算した。この分だと今夜も手こずるのではないか、と少々わずらわしく思っていたら、その日は珍しく学習が進んだので、二人で土鍋《どなべ》のめしを食べた後余った時間を彼の点火の手伝いに向けることにした。

火のある機関車は生き生きしているが、一旦火を落として洗車された罐《かま》は静かで死体のように冷たい。深夜の点火は罐《かま》のタービンが回るまでは石油ランプ一つが頼りで、まったく闇の中の手探り作業である。罐《かま》の横に積まれたアス殻と薪をわたしがキャップに投げ上げると、三輪はアス殻を焚《たき》口《ぐち》を開けて穴倉のような火室に手際よく撒《ま》いたあと、狭い焚口《たきぐち》からいきなり火室に潜り込んで薪《まき》を丁寧に組んでからすばやく火を点けて飛び出した。五分とかからぬ早業である。わたしも点火には苦労していろいろやってみたが、どんなに早くても十五分から二十分はかかり、ときには三十分以上も格闘して髪や眉毛を焼くほどだったから、それを五分ほどで済ましてしまい、燃え具合も順調な三輪のやり方には目を瞠《みは》った。いくら点火に失敗しても、わたしは火室に潜り込んでまで点けるなど考えたこともなかったので、三輪の点火のコツはここにあったのかと彼の機転に感心した。そんな工夫と行動力があるのに、三輪がどうして人付き合いが悪く、勉強にも身を入れないのかわたしは不思議でならなかった。そのことを言うと、彼は「俺は余り者なんだ」と応えて、薄笑いするだけだった。「君のひがみではないのか」とわたしが質《ただ》すと、三輪は少し真顔になって「俺が?そんな馬鹿な」と、わたしを睨《にら》みつけた。そして、「そんなことはどうだっていいじゃあないか。こんな話は止めよう。火は大丈夫だから外で一服しようや」と、さっさと罐《かま》を降りて行った。三輪が

「余り者」と自嘲しているのはおそらく家族の問題であろうが、詳しいことは聞いていないので何が「余り者」なのか分からない。三輪の荒々《あらあら》しい性格と険のある顔つきも古参のいびり体験だけでなくあるいはそこからも来ていたかも知れなかった。

「試験に合格すれば、君はいい助士になる。頑張れよ」

わたしが激励すると、三輪はにやりと笑って、

「じゃあ、そのときは頼むぜ。俺を心配してくれるなら助けてくれよな」

そう言って、三輪はランプを振りふり炭台の方へ歩いて行った。

しかし、期待していた試験は失敗だった。配られた問題は予想が当たって面白いほどすらすらと解けたが、隣りの三輪がしきりに教えろと合図していた。わたしがそれを無視していたので、三輪の合図はますます露骨になってきた。そのうち顔をしかめたり、わたしの腕を鉛筆で突っついては哀願するような素振りを見せたが、それに効果がないと分ると目を吊り上げた険しい顔でわたしを睨《にら》んだ。三輪が必死なことは分っていた。この試験に落ちたら彼の日常は今以上に荒れることは明らかで、もしわたしだけが合格でもしたらそれこそ三輪のショックは大変なものだろう。だからといって、不正までして合格しようとする彼を正当化することはできなかった。歯が立たないならば普段の強気で潔《いさぎよ》く放棄すればよいのだ。その方がどれだけ男らしいことか。それを最初からわたし

を頼りにしている彼のずるさと甘さが不快となるばかりか、情に流されて助けることなどわたしの正義感が許さなかった。投炭競技を見るがいい。ひと粒の石炭でも、一秒の差でも勝ち負けは厳然としてあるではないか。ペーパーテストも同じことで、試験は知識だけではなく自分を試す意味もあるはずだ。三輪に妥協しないことで彼の恨みと復讐を受けるかもしれないが、不正だけは断じてしたくないのでわたしは三輪がいくら困った態度をしていても見ぬふりをして一切を拒否した。彼は諦めたように答案の上に腕を乗せて顔を伏せていた。時計の針が十分前を指している。

わたしがもう一度答案を見直そうと伏せていた用紙を返したときだ、突然、三輪の手が伸びてわたしの答案を掴《つか》んで引き寄せようとした。わたしはあわててそうさせまいと抑えたので答案用紙が二つに裂けた。しかも悪いことに、わたしたちの真後ろに試験官が立っていたから弁解の余地はなかった。試験に自信がなかったり問題が出来ないならば諦めもつくが、われながらよく解けたと満足していただけにこの失態は悔しかった。この日に備えて重ねた忍耐と努力は一体何だったのか、これまでの数ヶ月はわたしにとってどんな意味があったのだろう。ほんの数秒の出来事のために、また振り出しに戻って古参らのいびりと戦わねばならない。全身の血が一度に引くような失望と悔しさでわたしは機関区までどう帰ったか分らなかった。

講習の谷教官に事態を報告すると、

「そうか、残念だったな。この次は注意するんだな」

と、言葉少なに慰めてくれたが、いかにも不快そうだった。日ごろ何かと目をかけてくれていただけに恥ずかしい報告だった。試験の失敗が区内に広がり、カンニングの事実が表沙汰にでもなればその波紋は大きい。三輪に対する嘲笑もあれば、カンニング両成敗で、失格したわたしへの風当たりも強くなろう。あるいは三輪に追従した非難の冷たい目がわたしに集中するに違いない。わたしは覚悟だけはしたが、気持ちはさっぱりしていた。事はカンニングで処理されるだろうが、実際の実行犯は三輪であってわたしではない。もちろん、それを誘発させる隙《すき》があったことは認めるが、あの場でとったわたしの対応に恥じるところは少しもない。わたしは三輪を見捨てたのではなく、ただ正当なことをやったに過ぎなかった。いわば正義のために落ちたといってもいい。もし、あのとき三輪の哀願を受け入れて合格したとしたら、手にした栄光は泥まみれでもっと後味の悪いものになっていただろう。失敗したことは悔しいが、これもひとつの試練と思えば気が楽になるし、本試験を体験したことでかえって新しい自信と意欲が湧いてきたのも事実であった。ただ、気持ちがすっきりしないのは三輪の態度だった。試験が終ると謝りもしないでさっさとひとりで帰って行った。もちろん、谷教官への報告などあろうはずがない。わたしは明日になったら言うだけのことは言ってやろうと詰め所に戻った。早くもカンニングのことが伝わったのだろう、同僚たちの視線がどこか胡散《うさん》臭げで不愉快だったが、かまわずそのままロッカーを整理していると、ポンと肩を叩かれた。振り向くと三輪が立っていた。

「何だ、来ていたのか」

わたしは声をかけた。三輪は黙って突っ立っているが、異様に目が光っていた。とても詫びるような視線ではなく敵意まる出しのふてぶてしい態度である。

「来るんだったら、一緒に帰ればよかったのに」

わたしがそう言うと、

「なぜ俺を見捨てた」

三輪のきつい視線が帰ってきた。

「見捨てた? そんなことはないだろう。試験は自力でやれ、最後まで粘るんだと言ったはずなのに、答案を掴んだから抑えただけだ」

「そのまま見せればよかったんだ。そうすれば俺はうまくやるし、破れることもなかった」

「破れなくても試験官に見つかっていたさ。直ぐ後ろにいたんだから」

「そんなことはない。破れたから失敗したんだ」

三輪はますます執拗《しつよう》に絡《から》んできた。詫びるどころか自己本位な彼の態度に腹が立ち、

「どっちにしたって失敗したことは変わりないさ。もう済んだことだからいいじゃないか」

わたしはロッカーを閉めて詰め所を出かけたとき、三輪はいきなりわたしの肩を掴んで「生言うんじゃねぇや」というなり、わたしを外へ突き飛ばした。

「何をするんだ」

咄嗟《とっさ》にわたしも身構えたが、それより早く三輪の拳がわたしの顔面へ飛んできた。反射的にわたしは体ごと三輪に飛びかかった。離れた攻撃は体力のある三輪相手では不利だと思ったからだ。わたしは三輪の腰にしがみついたまま、絡ませた足を跳ね上げながら何度も体を揺すぶった。これは自分よりも強い相手に使う相撲の手で、これを仕掛けるとたいがい相手は支柱の片足がぐらついて倒れてしまう。三輪もどっと横転したのでわたしはすかさず彼を組み伏せて夢中で殴った。しかし、防御していた三輪は間もなく体勢が落ち着くと、簡単にわたしを跳ね上げて押し倒し、脇腹をいやというほど蹴りつけた。その後何度か上になり下になって転げ回ったわたしは、脇腹の痛みで次第に戦意が鈍ってきた。そして、この騒ぎを知って同僚や区内の人たちが集まって来たが、誰も手を出さなかった。がやがや遠くから眺めているだけでなく、同僚の中にはわたしが三輪に組み伏せられると「いいぞ、やれ、やれ」と声援する者もいた。同僚の憎悪は三輪だけではなかった。わたしが小針先輩と親しく、谷指導主任や本部の助役に目をかけられ事務室にも受けがいいことと、三輪と対照的に日々信用を高めている忌々《いまいま》しさが妬《ねた》みとなって爆発したのであろう。敵は三輪だけではなかった。わたしは脇腹の痛みをこらえてただ三輪に勝ちたい一心であった。ここで負けたらそれこそ試験の失敗以上の屈辱を受けることになる。それは絶対に嫌だ、そう思うとわたしは「どうにでもなれ！」と再び三輪に飛びかかり、股間を目がけて蹴り上げようとしたとき、三輪はそれよりも早く身をかわしたので、わたしの足は空を切って上体がぐらついた。その瞬間、三輪が勢いよくぶつかってきて一緒に横転した。そして、三輪の強烈な殴打が続きわたしの意識は次第に朦朧《もうろう》となり、やがて体を覆っていた重いものがなくなったように感じたとき、「何でぇ、手前ぇら、見世物じゃあねえぞ、どけ」三輪の声がかすかに聞こえ、人々の足音が波のように引き始めた。三輪に負けた――、その悔しさがどっと噴き出した。顔に手を当てると、全体が腫れ上がっていて口元がぬらりとした。口の中がざっくりと切れ、脇腹と節々が痛くてとても起きられなかった。わたしは目を閉じてしばらくじっとしていた。あまりにも無様《ぶざま》な敗北に情けなさを通り越してわたし自身が滑稽《こっけい》に思えるほどだった。どだい体力に勝る三輪に勝とうしたのが間違いで、学力でいつも優位になっていたわたしのうぬぼれが、意識的ではないにしろ三輪を見下していなかったとは言えなかった。わたしが学力で対決したように三輪は体力で挑戦してきたのだ。わたしにとって試験の失敗は悔しさはあっても実質的な敗北とは思っていない。失敗は実力ではなく、すべて三輪のせいだという気持ちがあるのでヤケになることはないが、学力の劣る三輪にすればカンニングの制裁は二重の屈辱だった。わたしを待ち構え、これまでわたしには決して見せなかった暴力を容赦なく振り回したのはそのためだった。三輪はわたしを殴り倒すことでわたしと対等になろうとしたのかも知れない。まもなく体の痛みが少しずつ薄らいだので、わたしは上体を起こして立ち上がろうとしたが足に力が入らず再び倒れてしまい、そのはずみに鼻血が噴き出して、あわてて押さえているうちに、目が霞んだまま意識を失った。

「岸本、岸本、具合はどうだ?」

誰かの声で目が覚めたとき、わたしの側に背の高い谷教官が立っていた。

「どうして、ぼくがここに——」

わたしはなぜ医務室のベッドにいたのか分らなかった。

「天野さんが知らせてくれて、直ぐにここへ運んだんだよ」

「えっ、天野さんが——」

「そうだよ、鼻血を出して倒れていたんだ。軽い脳震盪《のうしんとう》でよかったぞ。三輪も三輪だが、二度とあんな馬鹿なことはするなよ。いいな」

念を押すように言うと、谷教官はわたしの肩を軽く叩いて出て行った。

谷教官は区内でも知られる優れた機関士だが、彼は庫内手講習会《こうないしゅ》では指導主任を務めて日本の古典から機関車の構造、鉄道法規に教練など幅広い科目を担当した。彼の豊富な体験と知識をふまえた講義はいつもわたしを惹《ひ》き付けた。とくにSLをめぐる喜怒哀楽のエピソードはわたしにとって楽しい時間だったから、いつも最前列の中央に座って熱心に聞いた。

ある日、機関庫の現場実習があったとき、谷教官から突然幹事役を命じられて、その日のスケジュール表を作ったり、見本の機具などを揃えることとなった。わたしの家は父が輸出用小型ランプの工場を経営していたので、忙しくなると手伝わされていたから、谷教官の指示はさして苦にならなかった。そのときのわたしの手際のよさが気に入ったのか、以後谷教官は事あるごとに「岸本、岸本」と声をかけてくれた。わたしを現場の点火番や整灯係から使い番へ移してくれたのも谷教官の配慮だった。また、後にわたしが教習所に入った年、彼は機関区から教習所の教官となって再びわたしの指導教官となった。彼はわたしの入所をわがことのように喜び、何かと便を計ってくれ、修了式でわたしが優秀生となって副賞に硯箱を手にしたのも谷教官の指導と加護のおかげで、後年わたしが教育界に転じた原点はここにあったし、教師の理想像も谷教官にあった。

また、谷教官の口から玲子の名が出たとき、一瞬わたしの体が急に熱くなり、彼女のきらきらした瞳とえくぼのある微笑が浮かび上がってきて妙な幸せを感じた。わたしが玲子をひそかに思うようになったのはこの事件がきっかけであった。

　事件といってもこんな下部の諍《いさか》いは事が終れば昇格をめぐる激しい権力争いや、賞金稼ぎによるトラブルに比べれば機関区内では大した騒ぎではなかった。その後、何の変哲もない日常が続き、わたしたちの失敗も諍《いさか》いも現実の中では極めて個人的で、ありふれた小さな嵐に過ぎなかった。わたしたちに向けられた蔑視や噂《うわさ》は時の流れとともに日常に埋没し、三輪は何食わぬ顔で平生の彼に戻って采配を振っていた。わたしと出会っても別に謝るでもなく世話をやくでもなく、それでも多少気がとがめているのか、以前のように声をかけてくることが少なくなった。わたしもまたすべてを成り行きに任せているうちに、谷教官から関東・東海地区の合同庫内手《こうないしゅ》講習会に推薦されて国府津機関区に行くことで三輪とはしぜんと遠ざかることとなった。

　そこは二ヶ月ほどの講習だが、これまで他人のめしを食べたことのないわたしにはこの共同生活はいい経験であり、助士志向への新しい転機となった。トウモロコシの混ざっためしを食べたのもこの時期で、集まった連中はいずれも各機関区から選ばれた者だけに、日々の学習はもとより技の競い合いは凄《すさ》まじく、とくに投炭実習となると握るショベルにそれぞれの機関区の誇りを賭けて激しく闘志を燃やしていたから、その戦いは到底三輪との争いの比ではない。また、勝手に自己流で下手にミスると指導教官からこっぴどくどやされるから、毎回緊張と激突の火花が散る殺気立った渦の中での投炭だった。それに、対抗投炭ともなれば区内あげての応援となり、まるで競技大会そのもので、投炭場に漲《みなぎ》る熱気は想像を絶していた。観戦している者にはお祭り気分であろうが、当事者にとってはそれこそ必死で、まるで地獄の責めに会ったような悲壮感があった。中には途中でしゃがみ込んでしまったり、ショベルを握ったまま口から泡を出して倒れる者さえ出たが、誰ひとりとしてそれを非難したり、不満に思って実習を欠席するようなことはなかった。ただひたすら区名を担い、教習所に合格したい一念でその過酷な実習に耐えていた。わたしもその中のひとりで、同僚から優れた技を学び、いろいろと工夫しながら懸命に投炭した。そのお蔭でわたしは後に三輪に勝つことになったが、投炭のコツを芯から身につけられたのはこの講習と教習所の生活があったからだ。もちろん、本格的な投炭は現場の乗務からで、それは模型火室とはおよそ違った厳しいものだが、どんな事態が起ころうともこのころの辛苦に比べればものの数ではなかった。

またこの合宿先にときどき小針先輩と玲子から激励の便りがきたのもわたしには大きな支えとなった。わたしには兄弟姉妹はいない。両親とわたしの三人家族なので、話相手は年嵩《としかさ》の職人か女工だったから、しぜんに外の子供たちと遊ぶことが多い。外が楽しければ楽しいほど両親が工場の仕事に追われていた人気《ひとけ》のない家は淋しく不安だった。そのせいかわたしの平安は部屋の明るさと、人ががやがやしている中にいるときで、また勤めで外に出ると、母とは違った女性への憧れが強くなって玲子のような姉がいたらどんなに幸せだろうと思っていた。だから玲子の便りはありがたく、何度も何度も読み返しながら彼女の澄んだ瞳とえくぼのある微笑を思い浮かべ、別れ際にいつもわたしの両手を強く包んでくれる玲子の柔らかな温もりを追いながら、眠りについたのもこのときであった。

そんなわけで、試走実験に選ばれた実感が高まるにつれて紆余《うよ》曲折《きょくせつ》のあった当時を思い出さずにはいられなかった。

わたしは小学校の高等科を卒業すると「危険だ」と渋る両親を説得して国鉄職員（庫内手《こうないしゅ》）に応募し、合格後品川機関区に配属された。

品川機関区は品川駅の東側、東海道線ホームから沢山の線路を越えたところにある小さな機関区だ。重々しいレンガ造りの田端、大宮機関区とは違ってスレート建ての機関庫の出入り線もわずかに四本。ちゃちな転車台と両機関区にある流れ式のガントリークレーンとはおよそかけ離れた手作業の狭い炭台しかないので、初めて来た人にはどこかの支区かと見間違える。しかし、広大な構内には電車区、車掌区、客車操車場、洗車場のほかに屠殺場と貯木場などがあるから四六時中貨車と客車の入れ換え作業が頻繁《ひんぱん》である。しかもその入れ換えに加えて山手線の大崎、汐留、東京駅をはじめ京浜東北線の大森、川崎、新鶴見なども仕業地区で、遠距離の本線では新鶴見操車場や大宮操車場と品川間を行き来しているから、機関庫の規模では新鶴見、田端、大宮機関区などとは到底比べられないが、輸送範囲の広さと多種な仕業量では少しも劣らぬ貨物専用機関区の主要拠点となっていた。また、天皇のお召用御料車《めしようごりようしゃ》の入れ換え作業もわたしたちの分担なので「品川の奴らは荒い」と言われながらも、どこか気位の高いところがあった。

そのころ、新庫内手《こうないしゅ》は四〇人ほどいた。そのほとんどは国鉄マンの子供たちだからSLについての予備知識は相当もっていた。親しくなった三輪もそのひとりで、父は田端機関区の腕のいい機関士だったが、二年前に召集されて南方の鉄道隊で戦死した。それまでは三輪は父の道を一途に夢見ていたが父の死でぐらついたものの結局庫内手《こうないしゅ》になったという。わたしより大柄で筋肉質。幼いころに怪我した切り傷が額の下部から目にかけて三センチほどあるので、睨むと少々凄みがあるが、整った甘いマスクがそれをやわらげ、明るくひょうきんなところもあって仲間うちでは人気者だった。

講習会の指導主任の谷教官は長い間指導に当っていたベテランである。いつもユーモア混じりの軽妙な語り口で実体験を踏まえて講義してくれるから解り易く、わたしは内輪の彼らに負けまいと乾いた海綿のように谷教官のひと言ひと言を懸命に吸収した。講義以外で一番興奮したのは実習（機関車掃除）で指定機関車となったＣ５８１０６に直接触れたときだった。ある音楽家はＳＬの発車から快走までのリズムに魅かれて作曲したというが、わたしはリズムよりもＳＬの力学的で合理的な構造と各部門の繊細《せんさい》で緻密《ちみつ》な機能に驚くだけでなく、目の前のＣ５８１０６がまるで巨大な人間が横たわっているように見えて、ふと「ガリバー旅行記」の小人国を思い出した。中央のキャップが人間の頭脳とすれば長いボイラーは胴体であり、左右の大きな動輪は両足となろうし、主要器具の役割を見れば全く人間の構造と機能に通じた働きがあるからだ。しかもこの人間臭いＣ５８の車体がいかつく男性的で馬力のあるＤ５１よりもずっとスマートで、気品ある貴婦人さえ感じさせるＣ５８の姿態にわたしは益々魅せられた。

「兼子、見ろよ！　これが本当のＣ５８だぞ。きっと君と一緒に乗るからな」

天国の兼子にわたしが真剣に誓ったのはこのときだった。

C58106

五、「燃えろ、燃えろ」間断なく――石炭を入れ続けて――

久々にわたしは当時の自分に戻って「一、二、三」と掛け声をかけながら、決められた場所に順序よく石炭を投げ入れてみた。慣れないうちは四、五十杯も投炭すると、ショベルが重くなって石炭をこぼしたり体勢が崩れて撒布が乱れたが、汗が滲《にじ》み出てくる程度で息切れひとつしなかった。「八、九、十」わたしは夢中で投げ込み、二百杯くべたところでひと休みして、指定された箇所の火床の厚さを測ってみると、左サイドが多少盛り気味なだけで全体の厚さ具合はまあまあで、時間もぴったりだった。後半の二百杯では全身から汗が噴き出し手がしびれて息の詰まる思いだったが、出来上がった火床はバランスよく満足した。滑らかに延びる両サイドの稜線、凹凸のない黒い絨毯が美しく光っていた。わたしはもう一度挑戦してみようと、火室内の石炭をかき集めにかかったとき、

「やっぱりここか」

武内首席助役の声がした。

「どうだね、調子は?」

「ええ、まあ、何とか」

わたしは曖昧《あいまい》に答えた。

「日程と機関士が決まったよ。早く知らせようと探していたら、ここだというんでね」

そう言いながら武内首席助役は火室を覗き込んだ。

「何時ですか？」

「一週間後だ。三日間連続でやることになった」

「一日ではないんですか？」

「三日間だ。それも毎回燃料をかえるらしい」

「どんな燃料を使うのですか？」

「さあ、それはわたしにも分らない。連絡は日程だけなんだ。こういう石炭なら問題はないけどな」

武内は火室に撒布された光沢のある石炭を手で掬《すく》っていたが、その表情からすると本当に知らないようだ。普段ぶっつけ本番の乗務はよくやるので別に心配はないが、試走実験で不確かな燃料では困る。石炭の質とその形態——固形か粉炭によっても焚き方は変わり、それだけの気配りが必要なので、それが分らないのではどう焚いたらいいのか考えようがない。武内首席助役の曖昧《あいまい》な話を聞いているうちに、何だか張り詰めていた緊張が急にぐらつき出して、今度は同乗の相手が気になった。

「機関士は誰ですか?」

「沢淳三さんだ」

「えっ、あの沢さんですか?」

「そうだ」

武内首席助役はけろりとしていたが、わたしには意外だった。

「名物機関士と言っても昔のことでしょう。それに、ずっと構内の入れ換えなのに大丈夫なんですかね」

わたしにはその選択に納得し難いものがあった。不満げなわたしを見て武内首席助役は、

「あの人にはいろいろ問題があるのは知っている。しかし、腕は確かだよ。心配することはない」

と、自信ありげに言うのでそれに逆らうわけにはいかなかった。しかし、それにしてもよりによって区内で最も悪名の高い沢機関士を起用するとは、一体どういうつもりなのか、びっくりするどころか、わたしは沢を選んだ区のお偉方の頭を疑った。確かに沢はかつて名人といわれるほどの機関士だったが、今は事故こそ起こしてはいないが酒乱にも近い飲んだくれで、気に食わないと乗務中

にひと言も口をきかないなど、ともかく気難しいおやじとして誰からも忌《い》み嫌われていたのに、その沢をなぜ選んだのだろうか。

わたしは燃料の心配に加えて沢との同乗が大きな不安となり、強い戦慄《せんりつ》が体の中を走ったが、わたしの衝撃はそれだけではなかった。武内首席助役が帰り際に三輪が航空兵に志願したことを教えてくれて、

「今しがた、退職願いを持って来た」

と知らされた。わたしは唖然《あぜん》となった。三輪が志願したことを武内首席助役はすでに知っていたのだろうか。別に驚く気配もなく、三輪の友人として事務的に知らせてくれたにすぎなかった。試走実験の話が出たときも武内首席助役はその事をひとことも触れなかった。おそらく、わたしの動揺を抑えるための配慮であったのだろう。そのときに三輪の志願を知っていたら、試走実験への対応もかなり違っていただろうが、それにしても三輪が志願したことは意外だった。というよりも彼があれほど執着していた機関車を見限った衝撃の方が大きく、またライバルを失った戸惑いと彼とのこれまでの時間がめまぐるしく交錯《こうさく》した。だからといって三輪を引き止める気持ちも、去っていく理由を質《ただ》す気にもならなかったが、彼の退職がわたしに与えたダメージは相当だった。入区以来、三輪との関わりの深さを今になって思い知らされたからだ。彼はわたしと背中合わせに密着し、常

に鞭《むち》であり棘《とげ》であり続けることでわたしの中に強靭《きょうじん》な不屈の精神の成長を助けていた、いわば反面教師的な存在だったからだ。そのことをわたしは感謝すべきかもしれないが、一方ではそうした思いに猛然と反発する腹立たしさもあった。この時勢からすれば、いずれわたしも戦場に行くことになるだろうが、今のわたしの戦場はこの機関区だった。たとえ故障も多く、あちこちにがたがきていてもなお煙を吐いているC58でも、大量の貨車を牽引するD51でも、構内で火の粉を散らすB6機関車でも、それらを見捨ててまで志願する気には到底なれなかった。むしろ、わたしの戦場は試行実験でそれに挑むことで三輪と同等の戦士になると思った。貴様は卑怯だ。錆びつき、喘《あえ》ぎ喘《あえ》ぎ必死に走っている機関車を捨てて逃げ出すのか。そんな奴を俺は仲間とは認めないぞ、と彼を非難する反面、到底わたしには出来ないことをいともあっさりと実行したことにわたしはむしょうに腹が立ち、何か取り残されたような侘しさで胸をしめつけられた。わたしはじゅくじゅくと込み上がるものをぐっと堪えて再びショベルを構えたが、そのこだわりのため慎重にやればやるほどショベルが乱れて火床の撒布も荒れてしまった。わたしは焦燥と悔しさに翻弄《ほんろう》されながら懸命に投入した。荒い息づかいと共に体中が火のように燃えて汗がどっと噴き出した。「五、六…七…」掛け声も途切れがちとなり、やがて声すらも出なくなったが、夢中になっているうちにリズムに乗った体の動きが生み出す心地よい緊張感が一切の雑念を払いのけ、ただひたすら投炭を続けることで、いつの間にか三輪の幻も、三輪への憤怒《ふんぬ》も、目前に迫った試走実験のプレッシャーも消えていった。

わたしは実験の前に沢機関士に会うつもりでいた。お召《めし》列車や大きな仕事は慣れていたコンビでやるのが慣例で、今回のように別々の乗務は特殊だったから運行の鍵を握っている機関士に先ず挨《あい》拶《さつ》しておこうと思った。沢にはわたしが使い番のころに一度会っていた。構内の客車入れ換えで洗い場にいた沢の罐《かま》に夜の弁当を届けたときだった。ちょうど休憩時間で、助士は炭庫の石炭を掻《か》き集めていたが沢はいなかった。聞いてみると、

「また、漁っているんじゃねぇか」

助士がはき捨てるように言った。沢が洗い場の客車から土瓶や新聞などの残りものを集めて来る噂は前からあったが、なるほど沢の機関士席の下には束ねた新聞と土瓶が二つ三つ転がっていた。窓の横にカーキ色の袋に入った水筒がぶら下がっていて、人の話ではその中身は酒だとも煎じ薬だとも言われていた。まもなく沢が戻ってきたが、わたしをちらっと見ただけで何も言わなかった。

「不景気になったもんだ。ろくなものはねぇ」

そう呟いて風呂敷包みを座席に置いたまま立っていた。背たけはそれほど高くないが、肩幅のあるがっちりとした体で、ごま塩の頭は大工刈りだ。黒くて太い眉と動きの少ない目、赤みをおびた大きな鼻と厚い唇。わたしが弁当を渡すと、じろりとわたしを見て「うむ」と頷《うなず》いただけだった。

そして、水筒を手にして「飲むか？」とわたしにコップ代わりに蓋を向けたので、わたしは「いいえ、ありがとうございます」と答えたままあわてて罐《かま》を降りた。

これが沢と関わった唯一で、以来彼と会っていないし機関助士になっても勤務交番がまったく違うから顔を合わせることもないので、そのときのことはすっかり忘れていた。もちろん沢の奇行や悪い噂《うわさ》は聞いていた。彼が飲み屋で暴れたとか、助役に殴りかかったとか、助士見習いをキャップから突き落として骨折させたとか、いろんなことが耳に入ってきたが、その蛮行を直接見たわけでなく、日常ではまったく無関係なので興味など起きなかった。それどころか英雄の末路の醜《みにく》さに嫌悪さえ感じていたから、そんな話を聞くと唾棄《だき》したくなった。それが思わぬ事態になったのだ。沢とコンビを組む、その不安はとても言葉ではいい表せないほどの衝撃だった。

交番表示の掲示板では沢はすでに罐《かま》を降りていた。詰め所の同僚たちに聞くと、

「ガード下の赤提灯へ行ってみな」

と、にやにやした。わたしはメモを頼りにガード下に行ってみた。煉瓦で固めた高架線の橋下一角に煤けた赤い提灯がぶら下がっていた。まだ陽が落ちてまもないのに、辺りはぐっと暗く湿っぽい。提灯の前からもうもうと白い煙が吐き出され、そっと近づくと臓物の焼けるにおいがする。戸もなければ、暖簾《のれん》もない。おそるおそる中を覗いて見ると煙の充満した穴蔵の中で男たちが酒を飲んで

いた。薄明かりなので顔はよく分らない。ねじり鉢巻の男、もろ肌になって喚《わめ》いている男、コップを握ったままうつ伏せの男、声高に喋《しゃべ》りあっている男たちなど、男だけの異様な臭いと喧騒《けんそう》の坩堝《るつぼ》にわたしはその場に立ちすくんでしまった。

「何だ、お前は？」

鉢巻が焼き鳥の串を咥《くわ》えて腰を上げた。

「沢さんはいないでしょうか？」

「沢？」

男はちょっと怪訝《けげん》な顔をしていたが、直ぐに、

「ポッポ屋の沢さんか。いる、いる、あの奥だ」

とわたしの手を引くと、穴蔵の先にある少し窪んだ場所に連れて行った。小さな机を囲んで数人の男たちが飲んでいた。

「沢さん、可愛い坊やが面会ですぜ」

鉢巻が声をかけると、男たちが一斉にわたしを眺めた。

「可愛い子ちゃんじゃねぇか」

「隠し子だとよ。かあちゃんに知れたら、これだぞ」

ひげ面の男が頭の上に指を二本立てたので皆がどっと笑ったが、ひとりだけわたしに背を向けたまま黙々と酒を飲んでいる男がいた。見覚えのある肩幅から、わたしは直ぐに沢と気づいたが、恥ずかしさと緊張で声も出なかった。わたしは彼の後ろでただ立っていた。

「何の用だ？」

しばらくして沢の口が開いた。わたしは名乗った後、試走実験に同乗すること、その指導をお願いしたいことなどを夢中で喋《しゃべ》ると、沢は手を振り振り、

「分った、分った。そんなことより、まあ飲め」

と、欠けた湯呑みに酒を注いだ。わたしが飲めませんと辞退すると、「そうか。無理に飲むことはない」と言ってその湯呑みを掴むと一気に飲み干してから、わたしをじっと見つめた。真っ赤な鼻と目の据《すわ》った表情から、すでにかなりの量を飲んでいたようだ。

「三輪と同期だったっけな」

「はい」

「武内にC58106でなければ嫌だと言ったそうだが、それはなぜだ？」

「――」

いきなり言われて咄嗟《とっさ》に返事ができなかった。

「あんなおんぼろ罐《かま》のどこがいいのだ」

沢はたたみかけるように言った。

「どこがいいと言うわけではありません。あの罐《かま》で庫内手《こうないしゅ》時代を過ごし、またあの罐《かま》で助士見習いから一本（正規の機関助士）になれたので大事なんです」

「うむ。そうか。いい心がけだよな。だが三輪だったらそんなことは言わないだろうよ。あいつならどんな罐《かま》でも黙って乗ったろう」

「――」

「罐焚《かまた》きを競い合ったお前なら分るだろう。な、そうじゃあないか」

「はい」

「はい、はい、じゃあないよ」

沢の声が次第に大きくなり。新しいコップに口をつけて、また声を高めて言った。

「いいか。本当の一本というのはな、罐《かま》など選ぶもんじゃないんだ。どんな罐《かま》であろうが、びくともしねぇのが一本と言うんだ。それをあのボロ罐《かま》じぁなければ乗れねぇってほざきやがる。うぬぼれるんじゃあねぇよ」

「別にうぬぼれてなんかいません。いくらボロでもぼくはあの罐《かま》が好きなんです」

わたしは我慢できなくなって言った。沢の絡みによっては試走実験なんか蹴ってもいいと腹を括《くく》る気持ちになった。すると、沢は「ほう、好きか。可愛いことをいうじゃないか」と相好《そうごう》を崩しながら「好き、うむ、好きねぇ」と何度も呟《つぶや》いた。そして、

「それならいい。罐《かま》のよし悪しを個人的な利害で決めるのは最低だ。罐《かま》は乗る者の心ひとつで分身にもなれば木偶《でく》にでもなる。三輪も罐《かま》が好きだったようだ。だから、あいつの罐《かま》はよく燃えてよく走った。それがあの馬鹿め、志願なんぞしやぁがって。今の若い奴らはどうして死に急ぎやがるんだ。それも予科練だの、特攻隊だの格好ばかりつけてよ。ボロ機関車だって、どんな機関車だって走ってりやぁそれもお国のためになる。分っちゃいねぇんだよな。お前も志願する気があるのか?」

「いいえ」

「それでいい。三輪の馬鹿野郎! 死にたけりゃ、さっさと死ねばいい」

沢は口のまわりを手で拭うと、またコップに口をつけたが口元から酒がだらだらとこぼれた。わたしが濡れた胸元を拭きながら「大丈夫ですか」と声をかけると、

「構うな。これくらいで酔う俺じゃねぇ」

わたしの手を強く払うが、手を休めると「ここだ、ここだ」とわたしに催促した。でも、父が酒

好きだったため呑兵衛の扱いには多少慣れていたので、それほど苦にはならず、呑兵衛は酔っているときほど本音が出るものだから、むしろ酔った沢を知るのも同乗のためにはいいと思った。それにしても、こんな場所で沢の口から三輪の話が出るとは思いもよらぬことだった。沢の口ぶりからすると、三輪は沢から仕事ぶりを高く評価されていただけではなく、私的な面でもかなり深い付き合いがあったようで、三輪を罵倒しつつも彼を惜しむ沢の言葉がそれをよく表していた。運転の名手として何度も表彰されていた沢からこれほど三輪が信頼されていたとは少しも知らなかった。わたしは沢にこんなにも認められていた三輪に妬《ねた》ましさを感じながらも、かえって三輪の技量を買っていた沢なら信頼できると思った。もし沢と三輪が組んで試走実験に望んだとしたら、わたしと組むよりずっと息が合って好成績を上げるに違いない。沢にとって三輪の志願がどんなに残念であったことか。でも現実は三輪を鉄道から消してしまった。これもひとつの運命なのだ。わたしは何となく抱いていた胸のしこりが取れたように、三輪が航空兵として飛び立つならば、これまでのライバルとして彼の今後の活躍と武運を祈ってやろうという気になった。そして傍らで酔い潰《つぶ》れた沢をながめながら、わたしは三輪が放棄した罐《かま》で陸の戦士としてこの沢と一緒に試走実験を完走して見せるぞと誓った。

飲み屋には二時間ほどいただろうか。やっと腰を上げた沢を抱えて電車に乗り、家が亀戸なのでふらつく体を支えながら総武線秋葉原駅のホームまで行った。足元が心配なので送って行くというと、「いいんだよ、俺ひとりで大丈夫」わたしを押し返し頑として聞き入れない。仕方なく見送りだけにしたが、驚いたことに電車が見えると、わたしの腕を解いてしゃきっと姿勢を正し、

「ありがとう。お前はやさしい奴だ。でも、これで俺が面倒を見ると思うなよ。そんな甘いもんじゃねぇからな」

そう言い残して人混みに去った。

沢に言われてみると、確かにわたしはうぬぼれが強いところがあった。三輪に比べればわたしの助士へのコースは順調で、何時も陽の当たった場所を歩いて来て、そのことがわたしの自負と矜《きょう》持《じ》のもとになっていた。ときによってはそれが同僚たちには鼻持ちならないエリート意識に映ったのかもしれない。沢のねちねちした絡みもいわばかれらと共通する、突っ張ったわたしへの警告だと取るべきであろう。それだけに沢の言葉は胸に突き刺さった。考えてみると沢の言い分はすべて道理に適っていたが、それが正しければ正しいほど泥酔《でいすい》した沢と重ならず、彼の人物像をどう捉えたらよいか戸惑った。あれだけの見識と技があるなら、なぜ本線を走らないで場末の入れ換えに甘んじているのだろうか。構内の入れ換え勤務は本線よりも気楽とはいいながら、何といっても裏方でその分だけ地味な存在だ。それに沢は若者を指導する立場にありながら育てるどころか、気に食

わないと勤務中ひと言も口をきかなかったり、果ては暴力まで振るうから同乗した助士こそ災難だ。しかも「赤鼻」と呼ばれる呑兵衛ときているのでまともな感覚ではとてもついて行けなかった。そんな人物をどうして試走実験の機関士に選んだのか、わたしは武内首席助役の腹の内を考えてしまった。それほど区内にはもう人材がいなくなったままか。それとも、沢の腕を頼まなければ完遂出来ないほど至難の仕事なのか。だとすれば、今回の試走実験は一機関区の問題ではなく、もっと大きな使命の下で行われるものかもしれなかった。それは国鉄全体の存亡を賭けた国家的な期待であるような、何か緊迫したものを感じた。そうなると、投炭の技術よりも沢とのコンビに新たな不安が襲ってきた。頑固で気難しい沢にどのようにして対応すればよいのだろう。それを考えると頭が痛むし、得体のしれない沢の奇行と気質が不気味な脅迫となってわたしを締めつけるので、布団にもぐっても目が冴え心臓が高鳴るばかりで一向に眠気が起こらなかった。それどころか、コースの途中で沢と口論したり、C58106がエンコする不吉な妄想まで浮かんで来て、一睡も出来なかった。

ところがその二日後、新鶴見の乗務で沢について思わぬ話を聞いた。新鶴見は大宮操車場をはるかに越える広い操車場で、入れ換え線も多く複雑である。わたしもよく来るが、構内にある多種の信号には何時も閉口していた。その日は操車場泊まりで、休憩所では寝つかれないのでC58のキャップにいたところ、操車主任が湯をもらいに来てしばらく世間話をしているうちに、沢のことが話題になった。

「そうかい。沢さんも入れ換え組か。惜しい人なのにな。あのことさえなかったら、それこそ第一線の花形だ。沢さんほどの腕を持っている機関士はもう出ないだろう」

「あのことって何ですか?」

「聞いていないのかい」

わたしが頷《うなず》くと、主任は意外な顔をした。

「何があったんです?」

もう一度訊いてみると、主任は「これよ」と言って両掌《りょうしょう》をパチンと合わせた。

「ぶつけたんですか?」

「そうなんだ。それも貨車のアタリでなくて、連結手をやっちゃった」

「――」

わたしは言葉が出なかった。とても信じられないことであった。

入れ換え作業で貨車を連結する場合、牽引している車両が長いと先頭の貨車は機関士からはまったく見えず、すべては操車係の誘導と合図だけが頼りであった。ベテランになると、機関車の速度や回りの風景とか、電柱や転がっている石ころを目安にしてブレーキをかける、いわばカンでことを成し遂げてしまうが、ときには操作係のちょっとした手違いと機関士の勘違いから貨車をぶつけてしまうこともある。その日の沢がそれだった。しかも、普段よりも長い貨車を牽引していた関係で、操車係から直接の合図ができないために中継として若い連結手が手を振って知らせていた。それがどうしたことか「連結よし」の合図があって引きはじめた途端に連結手がやり直しの合図を出して姿が見えなくなった。そこで沢はすばやくブレーキを掛けて再び逆走したが、予想より早い地点で貨車がぶつかって連結手の指を潰してしまった。連結ホースの繋ぎミスとか、連結手の合図誤認とか、後でいろいろ取り沙汰されたが、結局連結手に手落ちがあったとして事は収まった。連結手は左手の指二本を切断手術して数ヶ月後に職場へ復帰したが、沢は連結手が見えなくなったときに機関車を止めて、操車係と再確認してから逆送すれば事故は避けられた。これはまったく自分の運転ミスだと主張してこのダイヤを最後に本線から降りてしまった。そして、以後どんなに本線復帰を促されても、

「事故には時効があるだろうが、あの若者には時効はない。俺のために一生指がないのだ。これをどうやってつぐなったらいい。入れ換えにいられるだけでもありがたい」

と、頑強に拒否するだけだったという。また不運といえば不運なことに、その連結手の妹が胸の病

を患っていたことも沢の心を一層痛めたようだった。

　沢は若いときから酒豪で通っていて、武勇伝や奇行がいろいろあったらしい。しかし、どんなに深酒しても酒に溺れたことはなかったとも聞いた。それが何時ごろからか荒れ酒になり酒癖が悪いといわれるようになったかは分らない。多分事の起こりはこの事故にあっただろう。卓越した人には多かれ少なかれ世人の尺度では計れない奇行や伝説はあるものだ。しかし、それとても、それが世間に益があれば美徳となり、害ともなれば狂い者として世の余り者となる。だから当事者にはそれゆえにこそ想像を絶するような忍従を強いられる深い傷があり、その痛みは世人には到底耐えられるものではない。真実の恐ろしさと尊さはそこにあろう。人は彼の事故について酒のせいだとも言っている。中には自信過剰の慣れから起こったという者もいるが、わたしには沢は酒に負けたのではなく、天性の名人気質に巣くう過信という陥穽《かんせい》に落ちたのではないかと思えてならない。その苦界を敢えて甘受し、たとえ幻の園であるにしろ、心底に深く沈んでいる黒い錘《おもり》を一時的にも忘却させようとするのが沢の酒ではなかったろうか――。沢の事故には衝撃を受けたが知ったことへの不快さは少しもなかった。むしろ、知る以前よりも今の方が沢にぐっと親しみを感じたほどだ。その沢が再び本線の加減弁ハンドルを握る。どんな経緯で沢を承諾させたかその間の事情は分らないが、頑固な沢の意思を踏み切らせたものは一体何であったのだろう。それ相当な暗黙の了解が武内首席助役と沢との間にあったのだろうか。それはおそらくわたしには関係のない大人たちの問題のようなので、深く詮索することはできない。それはそれとして、二度と本線に乗らないと言い切った沢が乗る気になったのは、単に目先の名分であるはずがない。そこには乗らねばならない緊迫した現実があったのではなかろうか。そうなると、「三杯投炭の励行」のスローガンも、石炭節約の賞金も、風呂場での噂話もすべてこの試走実験に繋《つな》がるものとなる。つまり、選ばれたわたしたちは試走実験の名の下で国の燃料確保の可能性を実証する戦士であったのだ。わたしの知らない間にそれほどわたしたちの国鉄は追い詰められて来たのだろうか。試走の失敗、成功がそのまま国鉄の明日を決定するとしたら、国の動脈である国鉄の明暗は国の存亡にも関わる重大な鍵を握ることともなる。これはとんでもないことを引き受けてしまった。しかし、今更断るには時間もなければ選ばれたわたしの矜持《きょうじ》が許さない。当たって砕けろ、捨て身になれ、身を捨ててこそ浮かぶ瀬もあれ……、今まで聞きかじった言葉や格言が飛び交う中で、わたしは黙々とその日を待っていた。

いよいよ試走実験である。機関車はわたしの希望通りにC58106で一日目は難なく規定時間内に完走した。その日は効率の高い夕張炭が使えたので投炭の苦労は少なく、定数いっぱいの貨車の牽引を除けば普段の運行とさして変わらなかった。しかし、大宮操車場から品川駅構内までをノンストップで走るのはこれが最初なので、明治神宮のある代々木から原宿間の「無投炭区間」（赤羽線沿線にある火薬庫と同じく、火の粉を散らすことを禁止されている）を越すまでは、蒸気の圧力と水面計の水位を交互に睨んで緊張しっぱなしだった。大崎駅のカーブを過ぎ、目黒川を渡ってまもなく、前方に八ツ山鉄橋が見えてきてやっとほっとした。

「明日はこんなわけにはいかないぞ」

沢は厳しい表情をしていたが、いかにも満足そうだった。

二日目――。燃料は粉炭と鶏卵大に固めたビート炭（豆炭）の半々である。粉炭は燃焼の即効性はあっても持続性がなく、ビート炭は黒煙の元となる揮発分が多く、普通の石炭より燃焼時間が長いので長距離運行や「無投炭区間」には最適だが火付きの悪い欠点があった。炭質の特徴をよくのみこんで焚かないと走行に影響を与えるが、その兼ね合いがとても難しい。粉炭をボタ焚きしたまま放っておくと、硫黄分が溶けてクリンカーを作り易くなって火床の通風を妨げるばかりか、石炭に重みがないので強い吐出に合うと投炭の手が吸い込まれて火床に撒きにくくなる。そのため、この日は投炭にずいぶん手こずって慎重過ぎたのがいけなかったのか、火床が甘くなって肝心の勾配の途中で火床にぽっかりと穴が開いてしまい、その穴埋めに必死となった。が、このときも沢の気遣った運転とビート炭に助けられて十分程度の遅れだけで無事に品川に着いた。罐《かま》を降りたときは、さすがにわたしはふらふらとしたが沢は平然としていた。

「いよいよ最後だな。今日はゆっくり休め」

運転報告が済んでから、沢は初めて口を開いた。武内首席助役と当麻指導助役が笑みをたたえながら、

「明日もたのむぞ」

と激励した。

「はい。お疲れさまでした。明日もよろしくお願いします」

わたしは深々と頭を下げて、大仕事をし終えた思いで風呂場へ飛んで行った。

風呂場から出ると入口に玲子が立っていた。まだ夜明け直後なのに意外だった。

「玲ちゃん、どうしたの？こんなに早く」

「非常態勢で駆り出されて、昨日が泊まりだったのよ。でも驚いた、バッチリだわ。そろそろ出るころだと思っていたけど」

玲子は拳を振って親指を立てた。彼女はときどきこんな茶目っ気を見せる。

「よく分ったね」

「入る後ろ姿を見たからね、見計らったのよ。岸本さんはいつも時間が正確だもの」

「そうか、なるほどね」

玲子のカンに感心しながらわたしはうれしかった。

「明日が最後ね。これね、浅草寺のお守りだけど」

玲子はポケットから小さな紫のお守り袋を取り出した。

「家に近いのは川崎大師だけど、たまたま田舎の親戚を案内して雷門へ行って来たの。岸本さんがよく浅草と隅田川の話をするじゃない。だから、あっそうだ、最後の試走には浅草寺のお守りがいいと思ったのよ。だからお守りだけど、肇とわたしの代わりだと思って乗せてって」

「うん、ありがとう。しっかり持って行くよ」

わたしがお守りを受け取ると、彼女はわたしの手を両手で包み「しっかり、がんばってね」と念を押して足早に去って行った。

浅草は母の実家で、幼いころは親戚に子供がいたのでよく泊まり込みであちこちを遊び歩いた。勤め出してからは縁遠くなったが、それまでは母とよく浅草寺のお参りと隅田川の花見に行った。浅草寺と隅田川がわたしの口から出るのはその土地への親しみと母と幼少期への忘れえぬ郷愁であったろう。だから、浅草寺のお守りをもらったときはとても不思議な縁を感じ、母と玲子、それに肇の三つの魂が最後の試走を護ってくれるようで強い味方ができたと勇気が湧いてきた。

金龍山
浅草寺

その三日目がついにやって来た。わたしはいくら目を閉じてもなかなか眠れない。これが最後だという緊張と、これまで以上の成果を挙げたい気持ちで昨日までの経過をあれこれ考えてしまうからだ。しかも、ここへ来て初めて今日の燃料が亜炭《あたん》に近い粗悪炭だと知らされてびっくりした。亜《あ》炭《たん》は褐炭《かったん》の一種で炭化度が低い石炭だが、それよりもっと効率が低いという話だった。なにしろ関係者も初めてのことなので、その石炭の効率データはないという。色は濃褐色で結晶体のように固まってはいるが、少し力を入れるとすぐにぽろぽろと割れて、砕けると粉のように散ってしまい、水に濡れると泥水となって流れてしまう代物だ。これが噂の泥炭かもしれないが、今日はこの燃料一本で走らなければならないので、この石炭を手にしたとき思わず空を見上げてしまった。星一つ出ていない曇天の蒸し暑さである。これまでの二日間が無事に済んだのはわたしたちの努力もあるが、ひとつは風雨のない天運に恵まれたこともあった。普段でさえ雨の日の投炭は気苦労が多く、濡れた石炭は火室温度を急激に下げるので投入にはひどく神経を使うし、粉炭ともなれば炭庫にシートを掛けて石炭の流失を防がねばならない。また水浸しになった石炭は水中の貝を拾うようにショベルで水切りをしてから焚かねばならない。そのため、今日のような石炭で雨にでも降られたらそれこそ予想もつかない事態が起こるのは必定だ。「少しでも休まなければ」わたしは何度も寝返りをしては気持ちを落ち着けようとしたが、神経はますます冴えるばかりだった。正直いうと、今日のことで興奮しているのか、今朝からまだ一睡もしていない。それなのにどうだろう、隣りの沢は軽い鼾《いびき》をたてて寝ていた。不敵というか図太いというか、沢の落ち着き払った神経には感心してしまう。枕元に例の水筒が転がっていた。酒か、それとも煎じ薬か中身を確かめてみたい衝動《しょうどう》にかられたが、穏やかな沢の寝顔を見るととても出来なかった。鼻が赤くないので飲んではいないようだ。午前0時の出発にはまだたっぷり時間があるのでわたしは無理に目を閉じ、多少うつらうつらしたのだろうか、びっしょりと汗をかいて目が覚めた。まだ一時間も経っていなかった。やはり石炭のことが気になっていたようだ。わたしは思いきって起きた。いつのまに来たのか、わたしの回りに乗務員がまぐろのように並んで寝ていた。わたしのような少年も裸電灯の下で身を縮めていた。

風はなくても外の方が幾分か涼しかった。広い機関庫は二、三台の96が休んでいるだけでがらんとしていた。空は厚い雲に覆われていた。構内は灯火管制で薄暗く、ときどき入れ換え機関車の甲高い汽笛が聞こえてくる。わたしのC58106は炭台の横にただ一台巨体を休めていた。煙突から人の息のような白い煙がかすかに流れ、思い出したように空気圧縮機のポンプがスポン、スポンと鳴る以外は何ひとつ物音はなかった。まるで嵐の前の静けさといった感じで、C58106のナンバープレートが助士席の窓下で鈍く光っていた。わたしはC58106の回りを歩いてみた。

車体全体は二日連続の長距離で汚れているが均整のとれた体型はいつ見てもいい。C58は昭和十年代の初期に造られた1C1形のテンダー機関車で、馬力のある8600形と9600形の長所を生かした客貨車万能機関車として活躍している。「ハチロク」や「キュウロク」は力はあってもずんぐりして泥臭く、D51はいかにも機関車という感じが強くて重々しい。それに比べてC58は大きい動輪のわりには車体全体がスマートで、お召列車を引くC57にも劣らない品のいい優美さがあってわたしは好きだ。ヘッドライトと煙突の間に枕のような大きい給水温め器が置いてあるので格好が悪いという者もいるが、蝶ネクタイをつけた紳士にもみえ、またユーモラスでかえって愛着があったし、この合理的な枕のおかげでどれだけ燃料が節約できたことか。また、キャップを密閉式にしたのもこのC58が最初で、それまでのすべての機関車はドアのない開放式だったから、激しい揺れにあうと振り落とされる危険があった。後部のテンダー側も仕切りと窓があるので逆走しても石炭の粉やごみが入らないので助かったが、安心して乗務できるのが一番ありがたかった。もちろん雨風は入らないので、冬のキャップは温室（夏はタービンによる扇風機がある）そのものでC58乗務は庫内手《こうないしゅ》たちの憧れだった。

それにしてもC58106の車体の汚れと痛みはひどいものだ。一応C58の体はなしているもののの、かつてわたしを奮い立たせて魅了した優美さはほとんどなかった。C58の顔ともいうべき前頭に据えられた両側の煙除け板の何と痛々しいことか。継ぎはぎだらけで歪んでいるし、心臓部であるシリンダー覆いも粗い熔接あとが生々しい。動輪の塗装はあちこちが剥げ落ちて、八方にめぐらされた大小のパイプのつなぎ目からは弱々しく蒸気が漏れていた。これでは「オンボロ」とか「やくざもの」と馬鹿にされるのは無理もない。それに車両番号のC58106がいけなかった。わたしは製造番号の下三桁を加えて「ラッキーセブン」だと勝手に解釈していたが、他は違っていた。花札の8・9・3に似ていて「ゲン」が悪いと乗務員から嫌われていた。花札の「おいちょかぶ」では勝ち札の最高が下一桁の9なので、C58106や8・9・3の場合、その数字を足すとそれぞれが20となって得点は「0」になる。こんな持ち札を「ブタ」とか「やくざ」と呼んでいたが、最低とか役立たずという意味もあった。でも、初めて乗務したわたしにはそんなことは分からなかった。助士見習いになったうれしさで、見るもの触れるものすべてが新鮮で、しかもC58106で庫内手《こうないしゅ》時代を過ごし、待望の一本になったのもこの機関車だったからどの機関車よりも愛着があった。機関車に癖があるのは確かだが、それはC58106に限らずみな何らかの形であるもので、それは製造過程のうちからすでにあったともいえる。一本のボルトやナットの締め具合から小さな鋲《びょう》打ちに至るまで、全体に与える影響はひとつの機関車が生まれた瞬間に微妙に違ってくるものである。ましてそれに火が入り、人力で能動体として軌道を走るとなれば、その過程で機関車自体が個性的になるのは当然であろう。だから、その個性を生かして上手に御していくのが乗務のコツで、それぞれの癖にはそれなりの苦労はあるが、こちらが真剣に誠意をもってぶつかっていけば機関車もそれなりに応えてくれるものだ。幸い、これまでわたしはC58106に裏切られることなく何時も安心して乗っていたが、最近同僚がこの罐《かま》で「へそ」を溶かしたり、続けさまにポイント（転轍機《てんてつき》）を割ったり、ブレーキの故障で車止めを破った事故などがあると、近ごろの酷使に原因があることは分っていても、やはり「やくざ」なのかと気になったり、何とかその汚名をそそいでやりたい気持ちでいっぱいとなった。

わたしはサイドの弁装置をひとつひとつ撫《な》でてみた。

「これはピストン、これが合弁テコで結びリンクにクロスヘッドだ。よく覚えておけよ」

小針先輩が時間を割いて新米のわたしにいちいち丁寧に教えてくれたことが昨日のように甦った。そういえば昨日、機関庫から出てまもなく突然C58106の動輪がキイキイ鳴り出したことがあった。「ちえっ、ビッグエンドが泣いていやがらぁ」沢がそう言って機関車を止めると、駆けつけた操車係たちに「ちょっと待ってくれや」と声をかけながらスパナとハンマーを持って降りて行った。わたしもその後について行くと、沢は動輪とピストンに繋《つな》がる太い主連棒に結びついているビッグエンドの油壷から通綿《つうめん》を抜き取り、十分に油を浸して挿入しすばやく栓を締めた。

「こんなことはお前のやる仕事だ」

ぼんやり立っていたわたしは沢に言われてびっくりした。その部分はシリンダーに次ぐ機関車の心臓部で専門の検査係か機関士以外はめったに触れてはならない聖域と思っていたからだ。

「機関士になろうとしている者が、このくらいの機転がなくてどうするんだ」

沢に怒鳴られて自分の浅はかな思い違いが恥ずかしかったが、このことからも素面《しらふ》のときは口数の少ない沢が試走実験に身を挺していながらもわたしを育てようとしていることが良く分った。

これまでのわたしは焚くこと、機関助士として与えられた仕事を完璧にこなすことに夢中だった。わたしは罐焚《かまた》きだから、懸命に焚いて日本一の機関助士になってやろう、それ以外のことはわたしには関係ない、またそうしてこそ一流の罐焚《かまた》きとして誇れるものと信じてきた。ときには変化のない平凡な仕事に飽き足りなくて、きつい交番をすすんで引き受けたり、助役に無理に頼むこともある。つまりわたしは焚いていることで生き、焚くことそのものにわたしのすべてがあったのである。それが沢との乗務によって一変し、何のために罐《かま》を焚くのか、掌を擦りむきつつ汗を流してショベルを握ることにどんな意義があるのか、ということを少しずつ考えるようになった。焚くことは決して楽なものではないが、苦労して焚くことに満足しているのは、いずれ機関士になりたいという気持ちがあるからで、それが今までのわたしを支えていた。ところが沢の言動に接しているうちに、機関助士から機関士にという階段しか見えなかったわたしの視野に、国鉄という大きな存在がもろに飛び込んできて、漠然とではあってもその命運を確かめようとする目が意識されるようになった。

その夜、C58106の保温のためにわたしが火床を整えていると、沢がひょっこり現れてご機嫌だった。鼻が熟《う》れたいちごのように真っ赤で、例の水筒を持っていた。

「こんな石炭で大丈夫でしょうか？」

わたしが泥のような石炭を掬《すく》って見せると、沢はひとつの塊を手にして握ってみた。節くれ立った太い指の間からぽろぽろと石炭がこぼれた。

「俺にも分らん」

そう言って沢は手をはたきながら、助士席にどっかりと腰を下ろしてわたしの仕事をじっとみている。火床の整理も終わり、蒸気圧力と水面計の水位もほどよい位置にあった。

「お茶でもいれましょうか？」

わたしはあまりお茶を飲まないが、沢は湯飲みの底が分らないような濃いお茶が好きである。湯呑みも寿司屋からもらった大きなものだ。

「うまい。わずかな時間でよくいれられるな」

「親父も濃いのが好きで、うるさいんです」

「なら酒も好きだろう?」

「ええ、そりゃあ、呑兵衛というより浴びているようなもんです。沢さんとはいい勝負ですよ」

「じゃあ、いい人間だ。酒飲みに悪い奴はいないからな。それなのにお前はどうして駄目なんだ? 酒ほど美味しいものはないんだぞ」

「嫌いではないですが、幼いころから酔っ払った親父にてこずったせいもあるでしょうね」

「とすると、俺もその部類にはいるか、あはははは」

「——」

「まあ、そんなことはどうでもいいか」

と沢は呟いたが、急にわたしに向かって真顔になると、

「お前が選ばれたことを軽く思うなよ。どんなことがあったにせよ、日本の機関区からたった一人選ばれたことは事実なんだ。それは罐焚《かまた》きとしては最高ということだろう。こんなことはめったにあるものではない。すばらしいことだ。俺は生涯本線に戻る気はなかった。それはお前も聞いているだろうが、あの事故だけの問題じゃなく、事故を起こさせた傲慢《ごうまん》な俺が許せないからなんだ。武内さんには何度も誘われたが戻る気はなかった。その俺が本線に乗ったのだから不思議と思うだろうな。俺は武内さんに、本線勤務でなく試走実験というルートだから助けてくれと何度もくどかれ

たから乗る気になった。二度と乗るまいとしていた本線を走るのも天の与えてくれた餞《はなむけ》だろうから、今回だけは一度捨てた傲慢《ごうまん》な俺になる。だから、俺は選ばれたお前に敬意を表してすべてを任せるから、明日はお前の好きなようにやれ」

「――」

「選ばれることも難しいが、それに応えるのはもっと難しいものだ。しかし、それを成し遂げてこそ本当に選ばれたことになる。いいな。俺のことなど少しも気にすることはない。やりたいようにやって、機関士になる前に日本一の罐焚《かまた》きになれ。決めたのは機関区で、試走を任せられたのは俺たちだ。後で文句があったら全責任は俺が持つ。心配しないでやってみろ」

「はい。ありがとうございます。沢さんを信じていますから精いっぱいやってみます。何でもおっしゃって下さい」

わたしは全身に燃えるような熱い血が走るのを覚えて奮い立った。

「そうか、分ったか。しっかりやってくれ」

沢はわたしの肩を叩いてそのままキャップを降りたが、わたしは焚口の取っ手を握って心が高ぶるばかりだった。沢は罐《かま》を焚く日常の苦しみを耐えることが自分にとってどれだけ貴重なものであったか、よろこびとはそうした苦痛の門を潜《くぐ》らずしてはあり得ないし、そのよろこびを得るために努力することこそ本当に生きることだとわたしに教えてくれたのである。わたしは満ち足りた思いに浸りながらこれからの事態が自分にいかに大きな意味を与えるかを静かに考えてみた。それはまたこれからのわたしの生き方に関わる大事なことでもあった。そしてその結果はやがて襲いかかって来るであろう諸々の事態に全生命をぶっつけて燃焼させるほかはないという決意に繋《つな》がった。

火床の燃え具合は上々である。ボイラ圧力計の針も限度の16キロを指して、安全弁がわずかに吹いていた。わたしは石炭の掬《すく》い口に投炭しやすいように粉炭《ふんたん》と塊炭《かいたん》をわけてから、テンダーに上がって石炭の山を崩してなるたけ塊炭《かいたん》を掬《すく》い口の方に積み上げた。出発時が肝心で、そのときに大量の石炭が食われるための備えだった。崩れた粉炭《ふんたん》を掻《か》き集めていると、ぽつん、ぽつんと襟首に雨が落ちてきた。「畜生!降ってきたか。今日は前のようにはいかないぞ」暗い空を見上げて、足元の粗悪な石炭がますます忌々《いまいま》しくなった。大した雨ではないが用心して粉炭の山をシートで覆ってからキャップにもどると、いつのまに来たのか、沢が煙草を吹かしながら本局の係官と話し合っていた。

「この実験が悪かったら、蒸気はもうお仕舞いかね」

「いや、まだそこまでは決まっていないようです。今回の結果を見てからではないでしょうか」

係官はそれ以上のことは言わなかった。現状がそれだけ緊迫しているのだろうか。その曖昧《あいまい》さを

C58106で蹴散らしてやりたい、そんな気持ちで二人の話を聞いていた。沢とわたしが選ばれたようにC58106もまた選ばれた機関車で、それを選んだのがわたしたちであるからには、C58106を敗者の先導者に絶対にしたくない。むしろ、「ろくでなし」とか「やくざ」と蔑《さげす》まれながらも苛酷な労役《ろうえき》に耐えているC58106が、最悪の燃料でも完走して蒸気機関車の力を示せば、きっと追い詰められた国鉄を救う活路になるだろうと思った。そればかりではない。失敗したらその結果が広く官報に報道されて、それこそ機関区のふがいなさを天下にさらすこととなり、わたしたちを選んだ首席助役は区長のポストどころか現在の地位すら危うくなるに違いない。それどころか、試走ゆえに自身を賭けた沢の決意を台なしにして、一生拭うことの出来ない屈辱と汚名を背負わせることになるだろう。わたしもその敗北と屈辱を共受するだけの忍耐はない。というより、これまで描いていたわたしの夢をそんなさらしもので潰《つぶ》すのはとてもできるものではない。三輪は機関区を捨ててしまったが、わたしはまだ現実に絶望していない。自らその結末を選ぶだけの時間はまだわたしにはあるのだ。その時間がわたしたちをどのように決定していくか分らないが、沢と同じく精いっぱい自分を賭けてみるしかない。わたしは重いプレッシャーとそれを撥《は》ね除《の》けようとする興奮を抑えながら、刻々と迫って来る出発の合図をじっと待っていた。

「準備はいいか。言ったとおりにやるんだぞ」

沢機関士の目がやさしく光っていた。

「はい」

わたしは力強く応え、懐中に下げた浅草寺のお守りをしっかりと握り締めた。

やがて、出発信号機が青に変わって合図のランプが上下した。

「よし、行くぞ」

午前0時、静けさを破って汽笛が鳴った。沢はゆっくりと加減弁ハンドルを引き、わたしは焚口の鎖を引きつけて石炭を投げ入れた。シリンダーの下からシュー、シュー、シュー、と音をたてて蒸気がもうもうと舞い上がり、煙突から蒸気と黒煙がボッ、ボッ、ボッ、と勢いよく吐き出される。わたしは何時もより多目に石炭を撒布《さんぷ》した。出発時に起こりやすい空転による火床の浮き上がりを防ぐためである。

「後部異常なし」

わたしは体を乗り出し、長々と続く貨車を確認して叫んだ。霧雨《きりさめ》がしぶきのように顔を打った。

「後部異常なし。前方異常なし」

沢もそれに応答した。滑り出しはまずまずだが、この雨には用心しなければならない。濡れたレールは空転しやすいし、とくにこの先の勾配は今回のコースで最大の千分の二十という急坂なので緊張する。火床に注意しながら塊炭《かいたん》と粉炭《ふんたん》を交互に投入した。沢の握った加減弁ハンドルは全開だ。今日の貨車の牽引は定数を越えているから昨日に比べて動きが鈍い。ボッ、ボッ、ボッ、重々しい吐出が腹にひびく。やがて勾配である。わたしの全神経はショベルに集中する。案の定、坂の入り際でC58106は空転したが火床に変化はなかった。が、坂の中ごろに来たとき、突如ボッボッボー、ボッボッボッボーとC58106は荒い吐出と同時に大きく空転し、沢はあわてて加減弁のハンドルを絞った。ボイラ圧力計の針が激しく前後に揺れて速度が急に落ちたが火室に異常はない。再び加減弁ハンドルがゆっくりと引かれた。C58106は吐出が安定してゆっくりと上りはじめた。この調子なら昨日と大した変わりはないだろう。わたしは不安もなく慎重に焚いていた。しかしそれはほんのわずかな時間で、続けざまに起こった空転でC58106はぴたりと動かなくなり、それどころか後ろへズルズルと下がっていく。こうなると、重心がすべて後部の貨車にかかってくるので、このままの体勢で進むことはほとんど不可能となった。

「大丈夫ですかね」

青ざめた係官が沢に言った。

「よくあることだ」

沢は平静に答えるだけで表情ひとつ動かさなかった。空転よりもC58106の後退りに嫌な予感がするが、ボイラ圧力は正常で火床も荒れていないのでわたしはほっとした。これは出発時の速度と雨で濡れたレールからきた失速のようだった。

「仕方ない。もう一度やり直そう」

沢は諦めよく、C58106をゆっくり平地に戻した。この程度の遅れなら途中で十分挽回できる。

「さあ、今度は一気に上るぞ。いいな」

沢は厳しい顔つきで加減弁ハンドルを引いた。C58106、上ってくれよ——わたしは祈る気持ちでショベルを握る。一度空転したが力強い吐出でC58106はぐんぐん坂を上っていき、先ほど止まった地点も難なく通過して速度にも張りがあった。しかし、坂の三分の二まで来たときまた強烈な空転が起こった。一瞬冷やりとしたが止まるまでの大事にはならなかった。ボイラ圧力が少しずつ下がりはじめて水面計の目盛りが徐々に減り出した。罐《かん》水が水面計のガラス管から消えたら危険である。「へそ」が溶けやすくなるので、そうなる前に水を補給しなければならない。それにはボイラ圧力を常に安定させておく必要があった。さもないと罐《かま》の運行が危なくなる。その事故を防ぐには絶えずボイラ圧力と罐水量《かんすい》のバランスをよくしておくことで、わたしたち助士が何時も頭を悩ますのはその均衡が破れたときに蒸気か、罐水《かんすい》か、どちらを優先するかの選択である。もちろん、バランスを崩す原因には蒸気の消費を左右する機関士の技量と助士への気配りもあるが、機関助士は直接燃料を扱っているだけに責任の比重からすれば助士の方がずっと大きい。しかも、何時起こるかまったく予測できないことなので、わたしたちには常に敏捷《びんしょう》な判断と決断が要求される。

火室は覗いてみても異常はなく真っ赤に燃えていた。それでいて蒸気が上がらないのはやはり石炭に火力がないのだろう。しかし、いよいよ勝負どきがきたのだ。わたしは塊炭を大量に投げ入れて通風コックを開き、蒸気を上げるのに懸命となった。罐を気遣ってあわてて罐水を補給すればボイラ圧力が急激に下がるし、その分まで上げるにはこの石炭ではとてもできるものではない。掻き集めておいた塊炭は見る間に減ってきて、ショベルで掬《すく》うたびに焦りと不安が募ってきた。雨足は弱いけれども雨水を吸った粉炭が泥のように掬い口に押し流れてくる。このままこの状態が続くかぎり、完走どころかコースの半ばまで蒸気が持つかどうかも覚束ない。下手をするとこの坂さえ上り切れなくなるのではないか。わたしはぞっとする冷たい恐怖を初めて覚えた。昨日まではこんなことはなかった。予想を越えた障害が結構あったけれど、C58106はわたしたちの意思を汲んで力強く上ってくれた。それが今日はどうしたことだろう、何と苦しそうに喘《あえ》いでいることか。動輪の回転は鈍く、今にも止まってしまいそうな頼りない動きである。粗悪炭での走りはこれが限界なのであろうか。もし、このまま運行不能となったならば、これまでの苦労も、実験した石炭がいかにカロリーが低く長距離の牽引には不向きであるかを証明するようなものでしかないではないか。としたら、わたしの技量も石炭次第ということになるばかりか、その失敗によって最早この石炭の出る幕がなくなるのは必定だ。そうなれば燃料のない蒸気機関車はそれ自体がいかに完全なものであっても不要になってしまうだろう。戦時下の国鉄の疲弊《ひへい》は隠しようもなく機関車とて同様だが、たとえ老朽《ろうきゅう》であってもそれぞれの機具はまだ健全で、その機能もまだまだ精密に動いている。Ｃ５８はもとより、それに続く８６、９６それにＤ５１なども昔と少しも変わらぬ輸送の王者に相応《ふさわ》しい貫禄でその出番を待っている。それをカロリー不足の燃料だけで動けなくなったり、朽ち果てさせてよいものか。そんなことは断じてさせたくないし、これまで築きあげたＳＬの歴史と栄光をそう容易《たやす》く消えさせてはいけないのだ。というより、現在その栄光に生きているわたしとＣ５８１０６のためにもこの石炭に勝たねばならない。

　係官は出発時からずっと助士席の後ろに立ったまま、真剣な顔つきでしきりにメモを取っている。

わたしは係官の指先を睨みながら、

「燃えろ、燃えろ」

と力を入れて投炭した。やがて針が止まって蒸気が上がり出したが、わたしは間断なく石炭を入れ続けた。焚き口を開けるたびに白熱の光が夜空に鋭く扇状に放射し、C58106は薄い黒煙と火の粉を吐き散らしてゆっくりと上っている。その間、沢はわたしの投炭についてはひと言も口を出さず、むしろ、

「黒煙なんか気にするな。どうせ出たところでこの石炭ではたかが知れている」

と、わたしを伸び伸びとさせてくれたので、どうにか難所のハンプを乗り越えることができた。

操車場から大宮駅に出れば、荒川の鉄橋までは平坦線だからひと息できるが、荒川を渡ると赤羽駅を越して間もなく火薬庫のある無投炭地区に入るので、のんびりしてはいられず、そのまま火床の整備とハンプ上りの投炭で崩した炭庫の山の積みなおしをしなければならなかった。わたしは早速、後ろの窓からスコップを持って炭庫に攀《よ》じ登り、吹き付ける霧雨の中で固くなった石炭を崩した。

「架線に気をつけろ」

沢が叫んだ。係官も心配げに窓から覗き、掬《すく》い口からこぼれる石炭を慣れない手つきで集めていた。走行中での炭庫作業はとても危険で、うっかり立ち上がると電車の架線にふれて感電死したり、激しい振動で振り落とされることもある。わたしはシートに捉まりながら急いで石炭を掻き集めた。弱い雨でも速度に逆らうと吹き上げられた粉炭《ふんたん》混じりの雨が痛いほど顔を弾《はじ》いていく。やっと形を

C58106

整え、シートを元に戻そうとしたとき、C58が大きく揺れた瞬間、わたしは足をとられて炭庫の水溜りに転げ落ちた。

「いやぁ、ご苦労さま。びしょ濡れですね」

口数の少ない係官が背中の石炭を丁寧にはたいてくれた。

「すみません。こんなのは焚いているうちに直ぐ乾きますよ」

そうは言っても、わたしは汗と雨で下着までぐっしょりだった。

荒川の鉄橋はあっというまに通り過ぎて、無投炭地区の赤羽線も無事に越えた。コースからすればちょうど半分ほどである。雨はいつのまにか止んで、掬《すく》い口の石炭が乾いて赤茶色に染まっている。まるで艶《つや》のない赤土のようだ。こんな石炭でよくここまで来れたと、沢の巧みな運転にただただ驚くばかりだった。また、沢のさりげない言動にはわたしを気遣う労りがあるし、蒸気の消費を極度に抑えて効率をあげる見事な運転さばきから、沢への信頼は高まるばかりだった。後残すコースで注意すべきところは代々木から原宿間の無投炭地区と渋谷から恵比寿に向かう曲がった勾配、それに目黒から大崎を経て終着地の品川に至るまでのだらだらした長い上り下りのコースである。これまではどちらかというと短距離の勝負だったが、これからは長距離のマラソンレースのようなもので、少しでも気を緩めたら脱落する。投炭の仕方とその燃焼具合で蒸気圧力が極度に変化するから罐《かま》焚きが最も緊張するコースともいえる。そのために普段は赤羽線を過ぎると池袋で一時停車して給水するか、新宿まで行ってひと休みしてから品川まで突っ走るのだが、今日はそんなわけにはいかない。昨日とは違った緊張感がわたしの全身を覆っていたが、わたしは覚悟を決めてすぐさまこのレースに挑む準備をした。火床はここまで焚き続けるとさすが熱くなって、焚口戸を開けると投入した石炭が灰と一緒にぼろぼろとこぼれ落ち、蒸気の上がりも鈍く、一キロの圧力を上げるのには今までの倍の労力を使うので、絶えず圧力の安定に注意しなければならなかった。

幸いまもなく蒸気が安定した。雨も上がって爽やかな風に吹かれてほっとしたが、それはつかの間の気休めだった。新宿を通過した直後、急に蒸気が下がってきた。無投炭地区の代々木が目前だからわたしはあわてた。ここで今、蒸気を落としたら恵比寿の坂越えに苦労するのは必定だ。わたしは塊炭《かいたん》を避けて粉炭《ふんたん》を薄く何度も投入した。火力からいえば塊炭《かいたん》の方がカロリーが高く持続性もあるのだが、黒煙が出るのと恵比寿の勾配のために残して置きたかった。粉炭《ふんたん》は速効性はあってもカロリーが低く、この石炭では中々蒸気は上がらないが、万が一を頼りにわたしは粉炭《ふんたん》を焚き続けた。しかし案の定、圧力は一向に上がらず、水面計の目盛りも少しずつ減り始めてきた。それでも粉炭《ふんたん》を投入していると、

「塊炭《かいたん》を使え。早くしろ」

いきなり沢が怒鳴った。

「黒煙が――」

「そんなことは構うことはねぇ、黒煙よりもC58だ。どんどんくべろ。少しくらい黒煙が出たところで神様は怒りゃしまい」

「はい」

われに返ってわたしが塊炭を投入したとたん、圧力計の針がぐんぐんと動き出し、ブー、ブーと安全弁が鳴るほどとなった。煙突を見ると大した黒煙ではないが、神宮の森の方へ薄黒い帯状に流れていくのに安堵と不安で身の縮む思いだった。神宮は森閑としていた。

「うまくいったな。どうだ、神様も満更捨てたものではないだろう」

沢はちらりとわたしを見て屈託なく笑っている。わたしは恥ずかしさで体が火照ったが、それにしてもこんな短時間でどうして圧力が上がったのか不思議でならなかったし、沢の機転とその度胸に感心した。

神宮の森を抜ければいよいよラストコースに入るが、その前に短いけれど気を許せない大きなカーブの坂がある。石炭も残り少なくなっているので、わたしは計器を見詰めて最後のうねりに身構え、前方に緩やかな坂が目に入るや塊炭《かいたん》を掬《すく》って投げ入れると、どうしたことかショベルを捻《ねじ》ったとたんに、焚口から灰がどっとこぼれ落ちた。咄嗟《とっさ》に焚口戸を開けると、なんと戸口の上まで火床が盛り上がっているばかりか、何時欠け落ちたのか保温の煉瓦アーチが三つほど火床に転がって、しかもその煉瓦のために通風が妨げられて火勢がぐっと弱まっていた。これは予期しないことでこのままだと蒸気が上がらないどころか、投炭すら出来なくなってしまう。わたしは火床を薄くするために火床に注意しながらゆっくりとロッキングした。普通の石炭だと硫黄分が溶けてアメ状化したクリンカーがクッションの役目を果たして灰の大量の落下を防いでくれるのだが、灰分の多い今日の石炭では、うっかり強くロッキングすると灰と一緒に火種まで落としかねないほど火床が脆《もろ》い。それだけに火床整理は敏捷《びんしょう》にやらないと火床は荒れるし、火室が冷えて蒸気圧力は見る間に下がって手のつけようがなくなってしまう。わたしは焦る気持ちを抑えながら、ロッキングを半分で止め、通風コックを全開にしたまま粉炭《ふんたん》と塊炭《かいたん》を混ぜて火床一杯に撒《ま》き散らした。

「もうひと息だ。しっかり頼むぞ」

沢が加減弁を引き、わたしもそれに応えてしっかりとショベルを握ったが、沢に知らせていない落ちた煉瓦が気がかりだった。先ほどのロッキングで火床に多少の空間ができたものの、その煉瓦で燃焼が弱まっているのは変わりなく、通風の阻害で焚くごとに不燃焼の部分が広がっていくのは時間の問題で、また欠落で脆くなった煉瓦アーチが車体の振動で何時崩れるか分らないからだ。火室の非常事態は沢も感じてはいたが、まさかこれほど荒れているとは思わないだろう。しかし、それを訴える気にはとてもなれなかった。というより、わたしに全てを任せてくれた沢にそんな事態を見せるわけにはいかなかった。「もうひと息だ。しっかり頼むぞ」とわたしを信頼する沢に応えて、ここは自力で乗り切るほかはない。「ただ乗り切ってくれさえすればいい」武内首席助役の赤ら顔が、ふと脳裡《のうり》を掠《かす》めて行ったとき、ぴくぴくと計器が動き、蒸気圧力の針が下がりかけてひやりとしたが、針は一目盛りで止まったので、

「遠方信号、進行。後部異常なし」

わたしはカーブで沢に見にくい信号を確認した。長く尾を引いた貨車はゆっくりと蛇行し、C58106の息づかいも軽やかだった。助士席にいた係官の顔つきもやっと明るくなった。

ところが、計器の安定はほんの一瞬で、坂がカーブし出した地点に来ると蒸気圧力がぐんぐん下がり始めたので沢は素早く加減弁を絞って計器を睨《にら》んだ。わたしは水面計の水がまだ六分の目盛りにあったのでほっとしながらも、ここまで来て挫折するのは機関助士の恥であるばかりか、わたし自身の誇りが許せない思いで必死になって圧力を上げるのに夢中となった。係官も座席から降りて汗を滲《にじ》ませながら散らばった石炭を掻き集めている。そのうち、針が少しずつ上がり出してやれやれと思っていたら、今度は目の前の水面計の水が砂地に染み込むようにみるみる減って、あっとい

う間にガラス管から消えてしまった。焚口は最早、投炭が出来ないほど灰に埋まり、わたしのショベルは宙に浮いてしまった。

「どうしたのだ？　何に迷っているのだ。迷いなんて選ばれた者の贅沢《ぜいたく》な感傷だ。沢さんを見ろ。あの平然とした運転こそ選ばれる腕なんだ。いくら力んだところで、しょせんお前の腕は世間知らずの優等生の空論よ」

三輪のせせら笑いが浮かんでくる。くそ！　何も迷ってなんかいやぁしない。あまりにも突然の現象で驚いているだけだ。機関区を捨てた貴様なんかに負けてたまるか。貴様の軽蔑するこの腕でこの危機をきっと乗り越えてやる――。

だが、焚口からぼろぼろとこぼれる灰を見ていると、「へそ」が溶けて火室が黒々と染まっていく幻影が浮かんでロッキングの手が竦《すく》んだとき、「岸本、あと一歩だ。C５８１０６のためにも頑張ってくれよ。頼む」と兼子の声がした。「岸本さん、頑張るのよ。諦めちゃ駄目よ、しっかりしてちょうだい」玲子の声が背後から聞こえてきた。一瞬、ロッキング棒を握りなおしたとき、再び「祈っているわよ」と玲子の声。そうだ、諦めてはならない。兼子、玲子と肇のためにも諦めてはならないのだ。わたしは気を取り直してロッキング棒を握り、再びロッキングするかたわらポーカーで盛り上った火床の灰を突き破って、わずかな隙間に石炭を押し込んだ。これ以上蒸気圧力を落とすわけにはいかない。上げられるだけ上げておいて、頃合をみてから一気に給水すれば何とか持つだろう。わたしは全神経を火床に集中しながら圧力の下がるのを懸命に抑えようとしたが、石炭を投げ込めない火床ではどうにもならなかった。

「一目盛りだけでもいい、上がってくれ」

「燃えろ、燃えてくれ。国の運命がかかっているんだ。罐《かま》が爆発するほど燃えるんだ」

わたしは強引に石炭をねじ込むが、一度下がった針は憎々しいほど微動だにしない。それどころか、こころなしか目盛りが下がっているかのように見えた。しかも悪いことに、ロッキングのレバーに何かが挟まったらしくいくら揺すぶっても動かず、灰を落とすことも出来なくなってしまった。こうなると、灰が火室に溜まる一方で焚口はすっかり灰で塞《ふさ》がった。「へそ」が危ない。わたしは咄嗟《とっさ》に給水コックに手をかけてはっとした。コックを開けたら最後C58106は停まってしまう。といってこのまま給水しなければ「へそ」が――。その迷いの中で、最早わたしには為すべき術がない。後は火室の温度が上がってくれることをただ祈る以外に何も残っていなかった。わたしはショベルを掬《すく》い口に置いて、焚口の取っ手を握ったままその場に座ってしまい、首に掛けていた玲子のお守りを服の上から強く握りしめた。そのときである。車体がぐらぐらと振動し、突然火室の中でドスンと鈍い音がした。また煉瓦が――わたしは急いで焚口戸を開くと、何と煉瓦の落下ではなくて火床の一角がまるで陥没したように大きな穴が空いていた。先ほどの横揺れで火床のクリンカーが崩れ落ちたらしい。これだけのスペースがあればまだ焚ける。わたしは急いでポーカーで穴の部分を掻き均《なら》したあと、石炭を目いっぱいに投げ入れて通風コックを開いた。それがよかったのだろう。圧力が少しずつ上がり出したので、わたしは針の動きを見ながら意を決して勢いよく給水コックを開いた。

「おお、上った。坂を上った」

歓声をあげてわたしの手をとったのは係官だった。間一髪のところだった。わたしはショベルを握ったまま、込み上がる興奮で胸がつまっていたが、沢はまだ慎重に加減弁ハンドルを扱っていた。が、まもなく、

「よし。ここまで来れば心配はない。岸本、よくやった」

と初めてわたしを褒《ほ》めてくれた。熱いものが全身を逆流した。わたしはその熱気の中で水面計を見ると、細いガラス管の底から沸き立つように罐水《かんすい》が上がってきた。C58106が坂を見事に上り切ったのだ。

「やった!」

「やりましたね」

係官とわたしが同時に叫んだ。そして、わたしが夜明けの空に向かって、

「兼子!君のC58106が勝ったのだ!玲子さん、やりましたよ。肇君やったぞ!」

と呟《つぶ》いていると、

「おい、まだ終っちゃいねぇぞ。八つ山の信号を越えなければ、やったことにはならねぇよ。それにしてもこんな石炭でよく持ったものだ。お前の腕とこの106には脱帽するよ。俺の最後にいい贈り物をしてくれた」

と、沢が言った。

「え、最後ですって?」

わたしは直ぐに問い直した。

「ああ、今日で俺のお勤めは終わりなんだ。俺の国鉄最後の日ということよ」

「――」

わたしは何も言えないまま、前方に見えてきた信号を見詰め、

「場内信号、進行。後部異常なし」

と確認した。

「場内信号、進行。後部異常なし」

沢の復唱のあと、C58106はボー、ボー、ボーと汽笛を鳴らして勢いよく品川駅の構内に入った。

「もし、もし、お客さん。そこは危ないですよ」

わたしの横を勢いよく電車が通り過ぎたとき、背後から声がした。振り向くと若い駅員が厳しい顔つきでやって来た。わたしはいつのまにか、ホームから線路ぎわに降りていたのだ。

「だめですよ。そこは関係者以外は立ち入り禁止なんです。早く上がって下さい」

「いや、すまん、すまん。つい、懐かしくなって降りてしまった」

「――」

「あの、新幹線のホームあたりに、以前品川機関区があってね、わたしはそこに勤めていたんですよ。聞いていませんか?」

「いいえ、知りません」

「そう」

「最近は人身事故が多いのでみなピリピリしているんです。関係者でも気を付けて下さい」

そう言うと駅員は、さっさと事務室の方へ去って行った。

「人身事故ね、人身事故――」

機関車の走らないここには、もう来ることはないだろうと、わたしは網目のように広がり交叉している線路を眺めた。

家に帰ると、息子辰夫の若妻耀子が、

「お父さん、何処へいってたんですか？　急にいなくなったので、辰夫さんがあちこち探したんですよ。とても心配しました。これからは、お出掛けのときは必ずひと言行き先を言って下さいね」

傍にいた二歳の孫の美奈も、

「爺《じ》い、何処行ってたの。心配したんだよ」

と繰り返した。

「ごめん、ごめん。用があって品川駅まで行って来ました。美ぃちゃんと、今度は一緒に行こうね」

「うん、行こうね」

「それはそうと耀子さん。昨日の合唱会はどうだった？」

「ありがとうございます。どうにかお務めは果たせたようです。まあ、成功かしら。次回にはお父さんも来て下さい」

「ありがとう」

「爺《じ》い、行こうね」

「分った、分った」

「そう、そう。お父さん、沼津の帰りに辰夫さんと二人で三島の楽寿園へ行ったら、そこに日頃、お父さんが話していたC58が展示されていてびっくりしました」

「ほう」

「そういえば、沼津の駅前にもC58の動輪が飾ってあったわ。沼津と関係があったんですか？」

「以前、沼津にもSLの機関区があったんだ。御殿場線または山北線といって沼津から山北を経て国府津へ抜ける路線があって、そこをC58が走ってたからその関係ではないかな。わたしも国府津機関区の短期講習会に参加したとき、その宿泊所が山北にあったからよく知っている」

「そうでしたか。地元にいながらぜんぜん知りませんでした。そのC58を見たとき、美奈が急にはしゃぎ出して、どうしても乗りたいときかないんですよ。そこで辰夫さんが美奈をキャップに乗せて、運転席に坐らせたらご機嫌でした」

「ほう、美ぃちゃん本当かい」

「うん」

「よし、それなら美ぃちゃん。C58がいるから見に行こう。爺《じ》いの部屋へ行こう」

「うん」

美奈はわたしの手を引いて叫んだ。柔らかな美奈の小さな指から伝わる温もりに、わたしは何ともいえぬ快感と安らぎを憶《おぼ》えた。

「さあ、美ぃちゃん行くぞ。発車、オーライ。シュッ、シュッ、ボッポ。シュッ、シュッ、ボッポ、ボッポ」

「出発しまぁす、オーライ。ピッピー、シュッ、シュッ、シュッボッポー、シュッ、シュッ、ボッポ」

美奈の溌剌《はつらつ》とした声が部屋いっぱいに広がった。

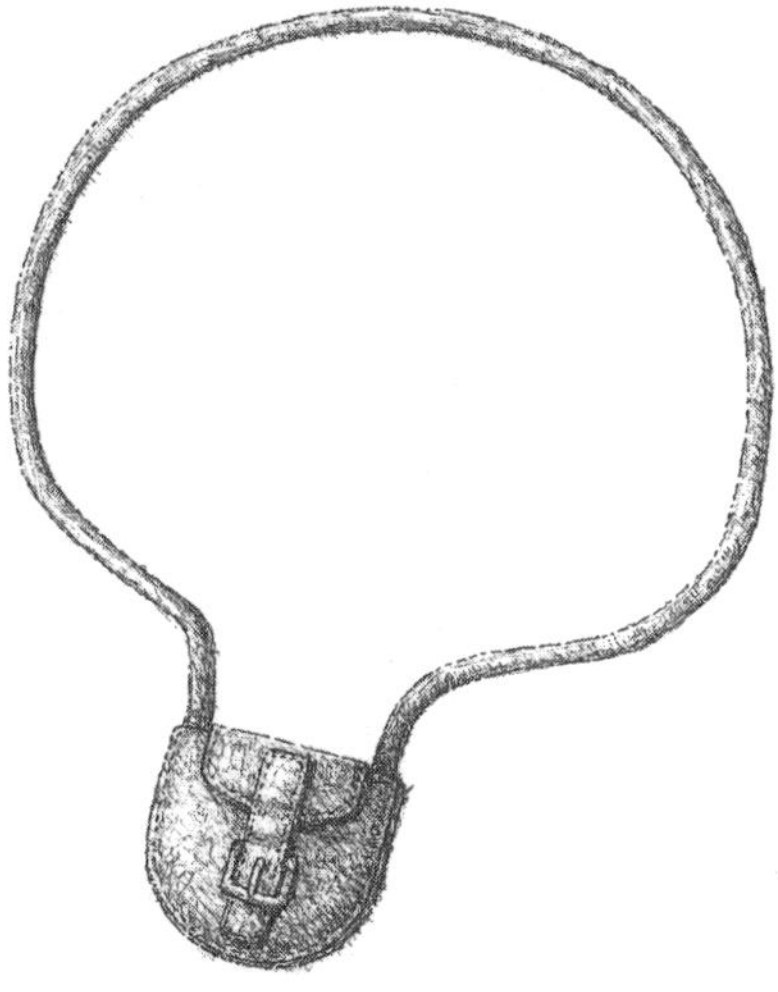

あとがき

この物語はわたし（岸本喜一）の体験を下敷きにしたフィクションで、第二次大戦の末期、花形の機関士に憧れて庫内手《こうないしゅ》となり、懸命に下働きした少年たちのSLへの愛と苦闘を描いたものである。

かつて一世を風靡《ふうび》したが、東海道山陽新幹線の再開発で史上から消えた品川機関区と当時の庫内《こうない》手《しゅ》たちへ捧ぐ。また、執筆中に今年がC58の製造七十五年になることを知った。その誕生に心から乾杯したい。

ある日、師の森敦先生から「井上さん、もう研究はやめてものを書きなさい」と言われ、その示《し》唆《さ》でこの作品の第一稿を書いてお見せしたら「これはこれでいい。次も一日一枚でいいから書きなさい」と言われて二、三篇執筆中、先生が急逝されて大ショックを受け、暫く放心状態となった。そのころ先生のお勧めで日大から近畿大学の新設文芸学部へ移り職務に専念していたが、阪神淡路大震災の直撃を受け、さらに今回、東日本大震災を体験、その情報が週刊誌に広く報道された中に、原発汚染の残るガレキの山の中をひとりの少年が「今、わたしに出来ることは」と言って津波で押し流されたＳＬをスケッチしている姿を見た。その刺激から、この物語を描く気になり全体の構成を組み直し、新たな補筆を加えて入院中の病室で仕上げることが出来た。

師の森先生はわたしが研究している横光利一の秘蔵っ子、愛弟子であり『月山』で文壇や歌曲をはじめ映画、日本舞踊、演劇界に広く影響を与えた方である。わたしの前作紀行小説『中国大河の旅』（柿の葉）も、本作の「Ｃ５８坂を上る」もその題名を先生がおつけ下さった。

今回、約十年余りをかけてその作品が完成できた。先生の示唆《しさ》である「一日一枚」を中断した己の怠惰《たいだ》を恥じつつ、天界の先生に感謝を込めて、ご報告出来ることをお許し願いたい。

著者

本作品を早くから公表をすすめられ、種々のご配慮をいただき美麗の書に仕上げて下さった銀の鈴社社長西野真由美さんに厚く御礼申し上げる。また資料の収集、現地確認、校正で協力をいただいた松戸市まつ里《さと》文芸講座助手吉井千恵子さん、校正に応援してくれた方たちに深く感謝します。

二〇一三年三月一七日

あとがきに寄せて

二〇一二年三月二四日、文学講座の仕事を終えて帰宅した父を待っていたのは、掛り付けの医師からの予期せぬ一本の電話でした。血液検査で異常値が出たのですぐ大学病院で精密検査を受けるようにというものでした。その結果、肝門部胆管癌であることが判明しました。自覚症状もなく、その日まで元気だったので、本人も家族も吃驚しましたが、手術すればなんとかなるというので期待を持ちつつ、癌との闘いを始めました。抗癌剤や漢方など可能な限りの治療を続け頑張りましたが、二〇一三年二月八日夜八時二三分に永眠いたしました。あとがきの日付けが三月一七日になっていますが、これは生前父が決めていたもので、この日は父の八五歳の誕生日であるとともに、生涯をかけて研究した横光利一の誕生日でもありました。偶然の一致ですが偶然を「必然」と見る父の人間性が反映されていると思い、敢てそのままにしました。

約一年にわたる長期入院生活でしたが、父は病室を仕事場のように使い、この作品の最終仕上げもベッドの上でした。昨年の秋に約十年余り温めていたこの物語をどうしても仕上げなくてはと言うので、すでに書き溜めていた原稿を私が自宅から病室に運び、そのつど修正、補筆、再調整などを繰り返しました。

大学の帰りに病室に寄り、一日の出来事と作品の話を聞くのが日課となり、数ヶ月間このような父子の共同作業が続きました。今にして思えばこれが最後の孝行で楽しい時間でもありました。年末が近づくと父の具合は一段と悪化し、体力が気力についていけなくなりましたが、作品の完成が唯一の心の支えとなりました。そして解釈学会で父と旧知で親交のあった銀の鈴社の西野真由美さんとご子息大介さんのご協力の下で出版計画が急速に進められました。お二人は父が亡くなる前日まで挿絵を持参されて見舞いに来られ、完成までの流れを話されました。その励ましと明るい話題が父を最後まで支えてくれたのだと思います。父の意を汲み最後までご尽力いただき、棺に出来上がったばかりの初校を入れてくださった西野さんの温情に心から感謝申し上げます。鉄道風景画家の松本さんとは八重洲ブックセンターで開催された個展で初めてお会いし、その温厚なお人柄と温かみのある鉄道風景画に魅せられました。また東日本大震災支援にもかかわっておられ、作品とのご縁を強く感じました。個展直前にも関わらず全力で仕上げていただき深く感謝申し上げます。校正では父と関係の深い日本学園高等学校教諭の小林好明さん、日中文化研究会事務局長の八木泉さん、吉井千恵子さんにご助力いただき、銀の鈴社の皆さんのご支援を受けました。またそのほか大勢の方々のお力添えで出版することが出来ました。心より御礼申し上げます。

Ｃ５８が坂を上りきったように、この作品が父の願いどおり多くの読者に勇気と希望をもたらすことを願っています。

二〇一三年三月三日　　井上　聰

昭和6年（1931）	満州事変勃発	
11年（1936）	二・二六事件	貨物用SL「D51」製造開始
12年（1937）	日中戦争始まる	旅客用SL「C57」製造開始
13年（1938）	国家総動員法公布	SL「C58」製造開始
14年（1939）	第二次世界大戦勃発	
15年（1940）		東京・下関間の弾丸列車計画
16年（1941）	太平洋戦争始まる	SL「C58」製造の資材不足 陸軍より「C58」など供出命令を受ける
19年（1944）		弾丸列車計画中止
20年（1945）	第二次世界大戦終る	
23年（1948）		SL「C62」製造後、SL生産中止
25年（1950）	朝鮮戦争始まる	
31年（1956）		東海道本線全線電化
39年（1964）	東京オリンピック開催	山陽本線全線電化・東海道新幹線開通
43年（1968）		東北本線全線電化
45年（1970）		鹿児島本線全線電化
51年（1976）		国鉄からSL消える

※　これは資料に残されている蒸気機関車の略年譜だが、試走実験に関する記録はない。

主要参考文献

中村由信『蒸気機関車』あかね書房　1970年

日本国有鉄道『日本国有鉄道百年写真史』1972年

『別冊1億人の昭和史　昭和鉄道史』毎日新聞社　1978年

世界文化社編『さらば日本国有鉄道』1987年

井上　謙
昭和３年（1928）３月17日東京生、日本大学文理学部大学院卒、秋田県立大館鳳鳴高校・実践学園を経て、元日本大学・近畿大学教授。日中友好協会会員、日中文化研究会会長、解釈学会顧問。主な著書に『横光利一　評伝と研究』（おうふう）『中国大河の旅』（柿の葉会）『森敦論』（笠間書院）、『東京文学探訪　明治を見る、歩く（上）（下）』（NHKライブラリー）編著に『横光利一事典』（おうふう）『有吉佐和子の世界』『向田邦子鑑賞事典』『近代文学の多様性』（翰林書房）などがある。

松本　忠
鉄道風景画家。昭和48年（1973）横浜生、３歳より埼玉県戸田市で育つ。東北大学文学部卒、総合化学メーカー勤務を経て、2001年より、東北を中心に全国各地の鉄道を巡り絵画制作を続ける。毎年各地で個展開催。主な著書に「大人の塗り絵 鉄道のある風景編」（河出書房新社）、「線路沿いの詩《うた》」（絵 松本 忠　詩 浅田志津子）（私家版）などがある。
HP「もうひとつの時刻表」

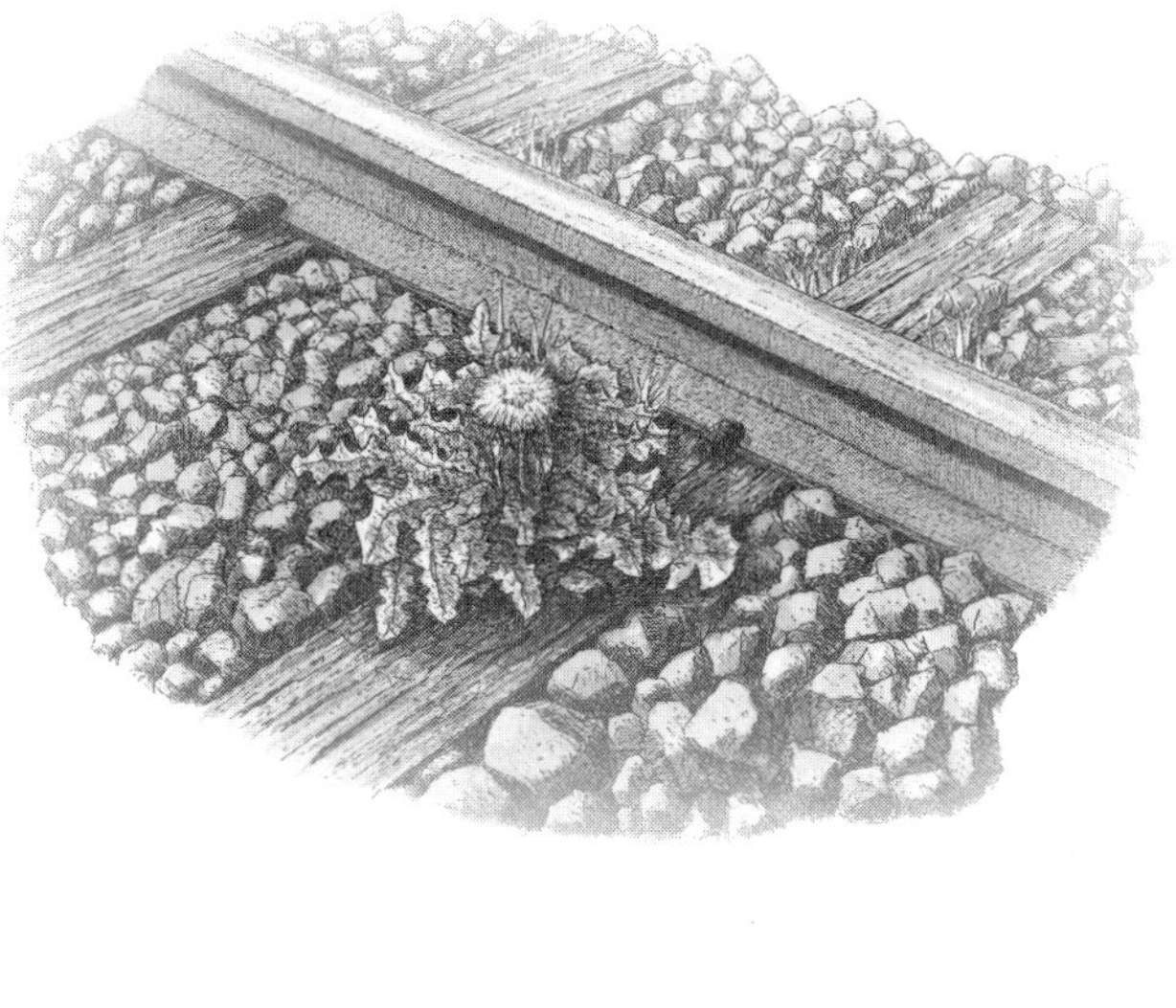

NDC913
神奈川　銀の鈴社　2013
144頁　182mm（C58 坂を上る）

2013年３月24日初版発行
本体1,200円＋税

C58《シゴハチ》 坂を上《のぼ》る

著　者　井上 謙©　絵・松本 忠©
発行者　柴崎聡・西野真由美
編集発行　㈱銀の鈴社　TEL 0467-61-1930　FAX 0467-61-1931
〒248-0005　神奈川県鎌倉市雪ノ下3-8-33
http://www.ginsuzu.com
E-mail info@ginsuzu.com

ISBN978－4－87786－386－9　C0093
落丁・乱丁本はお取り替え致します
印刷　電算印刷
製本　渋谷文泉閣